D1081708

Quand la vie
ne suffit pas

… car une seule visite ne suffit pas
www. soulieresediteur.com

Du même auteur chez le même éditeur :

C'est parce que…, roman, coll. Ma petite vache a mal aux pattes, 1997 (épuisé)

« La malédiction des triplés », nouvelle in *Le Sphinx de l'autoroute*, coll. Chat débrouillard, 2000

« Prisonnier des Malbrouks », nouvelle in *La planète des fous*, coll. Chat débrouillard, 2000

« La mystérieuse armoire de Zénon Allard », nouvelle in *La mystérieuse armoire de Zénon Allard*, coll. Chat débrouillard, 2000

Les trois bonbons de Monsieur Magnani, roman, coll. Ma petite vache a mal aux pattes, 2000

La malédiction des triplés, nouvelle in *Le Sphinx de l'autoroute* coll. Chat Débrouillard, 2000

La guerre des lumières, roman, 2004

Taxi en cavale, roman (1991, réédité en 2005)

Chez d'autres éditeurs :

Un si bel enfer, roman, Éditions Pierre Tisseyre, 1993

Comme une ombre, théâtre, Éditions Québec-Amérique, 1993 (épuisé)

La Guéguenille, nouvelles, Éditions Pierre Tisseyre, 1994

Trois séjours en sombres territoires, nouvelles, Éditions Pierre Tisseyre, 1996. Finaliste au Prix Montréal-Brive 1997.

Comme une ombre, pièce de théâtre destinée à être montée avec une douzaine de jeunes entre dix et douze ans, éditions Québec-Amérique. (contacter Louis Émond à : chantalouis@hotmail.com pour obtenir des exemplaires)

Louis Émond

Quand la vie
ne suffit pas

SOULIÈRES | ÉDITEUR

case postale 36563 — 598, rue Victoria
Saint-Lambert (Québec) J4P 3S8

Soulières éditeur remercie le Conseil des Arts du Canada et la SODEC de l'aide accordée à son programme de publication et reconnaît l'aide financière du gouvernement du Canada par l'entremise du Programme d'Aide au Développement de l'Industrie de l'Édition (PADIÉ) pour ses activités d'édition. Soulières éditeur bénéficie également du Programme de crédit d'impôt pour l'édition de livres – Gestion Sodec – du gouvernement du Québec.

Dépôt légal: 2006
Bibliothèque nationale du Canada
Bibliothèque et Archives nationales du Québec

Catalogage avant publication Bibliothèque et Archives Canada

Émond, Louis, 1957-

Quand la vie ne suffit pas

(Collection Graffiti ; 38)
Pour les jeunes de 13 ans et plus.

ISBN 978-2-89607-068-8

I. Titre. II. Collection.

PS8559.M65Q42 2007   jC843'.54   C2007-941688-8
PS9559.M65Q42 2007

Illustration de la couverture :
Stéphane Jorisch

Conception graphique de la couverture :
Annie Pencrec'h

À Jacques Henry

Il faudrait renaître une vie pour la peinture, une autre pour la musique, et ainsi de suite. En trois ou quatre cents ans, on pourrait peut-être se compléter.

Jules Renard

le portrait

Tous les arts sont des miroirs
où l'homme connaît et reconnaît
des choses en lui qu'il ignorait.

Émile Chartier, dit Alain

Les pas de Quentin résonnent sur le trottoir comme l'écho du temps qui lui échappe. Sous son manteau, l'air froid et humide de janvier s'insinue et ses morsures sont impitoyables. Comme celles de la culpabilité.

Le garçon jette de brefs regards au fond des ruelles, par les fenêtres des maisons, dans l'entrée des cafés et des restaurants. Rien. Se répétant que la femme qu'il cherche représente sa seule chance, il remonte une rue, une autre, en courant.

Il ne doit pas, ne peut pas échouer.

Les arts soutiennent nos âmes contre la bêtise, répétait son enseignante, *ils transfigurent la vie. Cherchez l'artiste en vous et l'art en tout.*

Les jambes flageolantes, les poumons en feu, le garçon s'arrête de courir. S'il avait pu crier sa rage, il s'y serait abandonné volontiers.

Il scrute l'intérieur de chaque voiture, examine les visages des occupants dans le fol espoir d'apercevoir celui de la femme. Bien entendu, il ne le voit pas. Les choses ne sont jamais simples. Tout résiste, se brise, saigne, s'éteint.

Il doit retrouver l'artiste. Elle seule peut remettre les choses en état, réparer ce qu'il a brisé. Elle seule peut sauver Marie et son enfant.

Une main dans la poche, il s'assure que la photo y est ainsi que l'argent. Il espère que ce sera suffisant.

Combien son père a-t-il versé à cette femme ? Il revoit la scène : les chapiteaux, les manèges, les lumières multicolores, l'artiste sur son banc qui les interpelle…

— Un portrait de votre épouse ?

Pierre Cornellier, Marie et Quentin, le fils de Pierre, tournent simultanément la tête et découvrent une femme debout devant un chevalet. D'une main, elle tient pinceaux et palette alors que de l'autre, elle invite le couple à s'approcher.

L'homme sourit.

— Non, merci.

Puis le trio poursuit sa route.

— Une aussi belle femme mériterait qu'on l'immortalise, insiste l'inconnu.

Qu'on l'immortalise…

Pierre passe son bras derrière les épaules de sa compagne en la couvant du regard.

— J'ai ce nouvel appareil qui me vient d'Allemagne, répond-il. Il prend de magnifiques photographies.

— Des photographies ? s'étonne l'artiste. Un appareil photo fixe les contours. La peinture vous donne accès à une histoire, un état d'âme, un rêve. Ou à une prière. Elle ne vous propose pas ce qui saute aux yeux, mais ce qui se laisse entrevoir, un coup d'œil à l'intérieur. La peinture anime ce qui vit en soi.

Pierre s'approche.

— Nous n'avons pas beaucoup de temps.

Une ultime tentative pour se défiler.

— Une demi-heure, répond l'artiste.

D'un grand sac, elle tire un châssis entoilé de forme rectangulaire. Le poisson est ferré. Posant la toile sur le chevalet, elle ajoute dans un sourire :

— Il faut travailler vite avec l'éphémère.

L'homme lance à sa compagne un regard enjoué.

— Qu'en dis-tu, Marie ?

— Si tu veux..., répond-elle.

Délicatement, il pose les lèvres sur son front.

Son mari et l'artiste conviennent du prix pendant que Marie s'installe. La femme ouvre des tubes de couleurs et se met aussitôt à l'œuvre.

Pendant un moment, Pierre la regarde travailler.

Puis son esprit le ramène au début de cette journée.

Ce matin-là, il a proposé à Marie de se rendre sur le site de la fête foraine qui, comme à chaque fin d'été, s'est installée dans la haute-ville. Les stands de tir aux annonces scintillantes, les hommes forts et les cracheurs de feu, les manèges illuminés, tout cela, espérait-il, égayerait un peu sa jeune épouse tout en faisant plaisir à son fils.

Marie avait accueilli l'invitation par un haussement d'épaules. Quentin, lui, était aux anges. Toute la soirée, Pierre avait testé son habileté et sa force dans des épreuves aussi amusantes que futiles. Sous les yeux admiratifs de son fils, il avait fracassé, d'une seule balle, une pyramide de quilles, abattu à la carabine des monstres surgissant de tonneaux et, enfin, catapulté, à l'aide d'une masse, un lourd caoutchouc qui monta 10 mètres dans les airs, ce qui lui valut un cigare. Mais rien n'y avait fait. Au contraire de Quentin qui s'extasiait à chaque nouvel exploit, Marie avait gardé son impénétrable sourire mélancolique.

Pierre était au désespoir.

Depuis son retour du Congo, où sa firme l'avait envoyé négocier des contrats de construction de routes, sa femme n'était plus la même. Celle qui, quelques semaines plus tôt, l'avait accompagné au port en bavardant et en riant tout le long du trajet, avait complètement changé. De la Marie exubérante à la vitalité communicative, il ne restait que cet être étiolé à l'humeur chagrine.

Pierre avait demandé à ses patrons de lui accorder quelques semaines de congé pour prendre soin d'elle. Mais les quelques semaines s'étaient transformées en un mois, puis deux, sans que l'état de sa femme ne s'améliore.

Cent fois, il lui avait demandé ce qui la rendait malheureuse. Chaque fois, Marie l'avait fixé sans dire un mot, le regard plus sombre qu'un ciel d'orage, et avait secoué la tête. Pierre avait compris que cette réponse muette était pour le moment la seule qu'il pouvait espérer. Il n'insista plus.

Et maintenant, debout derrière l'artiste peintre qui, en de larges traits de couleurs, traduit parfaitement la mélancolique beauté de sa compagne, Pierre la questionne en silence. « Qu'y a-t-il, Marie ? » S'il pouvait voir le regard de la peintre, sans doute serait-il étonné d'y lire la même interrogation.

Comme promis, le tableau progresse rapidement.

Préférant voir l'œuvre une fois terminée, Pierre se retire en compagnie de son fils et marche le long des berges du lac où sont installés les différents stands et manèges.

— Regarde, papa !

Deux canards et trois canetons s'éloignent du bord à la queue leu leu en traçant un unique sillon dans l'eau noire.

Et leur projet d'avoir un enfant ?

Depuis qu'ils sont ensemble, Pierre et Marie espèrent la venue d'un enfant et ce, malgré l'accident qui coûta la vie à la première femme de Pierre lorsqu'elle mit Quentin au monde. Catholiques pratiquants, la naissance pour eux représente l'alliance sacrée qui soude deux êtres l'un à l'autre.

Pierre doit toutefois reconnaître qu'en ce moment, à cause de la santé vacillante de sa femme, cette perspective l'effraie. Serait-il sage que Marie donne naissance à un enfant dont elle risquerait de ne pouvoir s'occuper ? Il fallait d'abord qu'elle recouvre la santé.

Déjà qu'avec Quentin ce n'est pas toujours facile. Non pas que l'enfant soit désobéissant, au contraire, mais à onze ans, il a des besoins qu'une mère souffrante et un père souvent absent ont du mal à satisfaire.

« Nous sommes loin d'être le couple de parents idéal », pense-t-il.

Pourtant, il en a déjà été autrement.

Dès le début de leur fréquentation, Marie s'était révélée un véritable aimant à enfants. Quentin s'y était rapidement attaché et, au cours des fêtes familiales, neveux et nièces de

Pierre l'avaient adoptée, accourant vers elle, comme attirés par une musique qu'ils étaient seuls à entendre.

— Eh bien, ta Marie ! avait commenté la mère de Pierre. Elle a le même effet sur les petits que la lumière sur les mannes.

Étudiante aux Beaux-Arts, elle apportait souvent du matériel pour permettre aux enfants de produire de jolies créations. Tout l'après-midi, on les entendait rire ou s'étonner joyeusement, et c'était à se demander qui, des enfants ou de Marie, s'amusait le plus. Aussi quelle ne fut pas la surprise de Pierre quand, le mois précédent, elle avait refusé d'assister à une fête de famille.

Il avait insisté, un peu, redoutant de la laisser seule.

— Marianne et le petit Félix seront là. Tu sais combien ces enfants t'adorent.

Marie avait gardé les lèvres serrées, pris sa veste et, tournant les mains vers lui en un geste d'impuissance, elle était sortie.

Pierre s'était rendu à la fête, seul, rongé par l'inquiétude.

Que s'est-il donc passé durant son voyage en Afrique ?

Quel événement a changé une femme enthousiaste et pleine de vie en cet être écroulé et souffrant ? Quelle secrète blessure son épouse soigne-t-elle ? Un rêve brisé ? Un amour déçu ?

Pouvait-elle s'être éprise d'un autre ? À moins qu'elle n'ait cessé de l'aimer lui ? Partager la vie d'un homme que le travail force à de longues et fréquentes absences peut-il lui être apparu tout à coup comme un horizon sans promesses ? Prisonnier d'un labyrinthe de questions, Pierre est hanté par l'angoisse de la perdre.

Le tableau est presque achevé.

La jeune artiste a tenu parole : le travail a nécessité moins d'une demi-heure. Elle en est à l'étape finale, celle où, d'un coup de pinceau, on efface ici, on ajoute là.

Or, brusquement, la peintre s'arrête et fixe Marie. Cette dernière soutient difficilement ce regard, tentant apparemment de protéger quelque chose que l'autre voudrait lui arracher. Engagées dans un mystérieux dialogue sans paroles, ni artiste ni sujet ne baissent les yeux.

Puis, frénétiquement, la peintre se met à tracer volutes et arabesques, faisant régulièrement tournoyer son pinceau sur l'une ou l'autre des couleurs de sa palette. Durant tout ce manège, elle pose à peine les yeux sur le tableau, les gardant braqués sur Marie.

Quand l'œuvre est enfin terminée, l'artiste appose sa signature et date son œuvre – Langevin / 9 septembre 1959 – puis range ses pinceaux et s'essuie les mains. Elle a l'air épuisé comme si elle avait été soumise à un terrible effort.

— Il faut laisser sécher, dit-elle.

Pierre s'approche.

Ce qu'il voit le stupéfie : aucune des couleurs utilisées pour le tableau n'est fidèle à la réalité. Le visage et les cheveux de Marie sont dominés par le mauve et le vert, et ses yeux ont des reflets dorés inattendus. La robe est d'un lilas très pâle, presque gris, avec des taches ocre. Le fond, quant à lui, est bleu, alourdi par des volutes orangées et noires, comme les ciels de Van Gogh.

Mais c'est bien Marie. La moue de Marie, la mèche sur un œil, la légère inclinaison de la tête, le regard absent, l'insondable tristesse. Le portrait est troublant de vérité.

— Prenez-en grand soin, dit l'artiste à Pierre au moment où il la paie.

Elle lui tend la toile recouverte d'un papier kraft.

En entrant à la maison, Pierre dépose la peinture contre le buffet du hall et rejoint sa femme qui est tout de suite montée se coucher. Après avoir souhaité la bonne nuit à son fils, il se met au lit. Marie dort déjà.

Cela ne lui était pas arrivé depuis longtemps.

Prenez-en grand soin.

Le lendemain matin, quand Pierre se réveille, la place à côté de lui est vide. Après avoir visité chaque pièce de l'étage, il descend au rez-de-chaussée et explore tour à tour le salon, la salle à manger, la cuisine. Il appelle, mais ne reçoit aucune réponse. Unique signe de vie : le journal du matin ouvert sur la table de la cuisine. Sinon, rien.

On est pourtant samedi. Où sont Marie et Quentin ?

Pierre prépare le café. En attendant le retour de sa femme, il fait un peu de rangement et aperçoit, appuyé sur le buffet du hall d'entrée, le tableau toujours recouvert du papier brun. Il hésite.

Sera-t-il aussi séduit par le portrait qu'il l'a été la veille ?

« On verra bien », se dit-il.

Il défait la cordelette et retire le papier. Sans le regarder, il pose le tableau sur une causeuse, recule de quelques pas, relève la tête.

L'effet est aussi foudroyant.

Marie le regarde. Mieux : Marie le voit.

Il s'assoit par terre et admire le tableau. Un brusque accès de bonheur le saisit alors qu'un fin rayon de soleil traverse la fenêtre biseautée du hall. Frappé de biais par la lumière du matin, le visage de Marie semble s'animer. Ses yeux, comme illuminés de l'intérieur, révèlent une présence. Pierre s'approche et constate que

la juxtaposition particulière des couleurs suggère une étonnante vitalité chez la Marie du
tableau.

Cette Marie-là lui parle.

Enfin, on la lui rend ! Alors que, la veille,
le tableau reproduisait à sa manière l'expression d'impénétrable morosité de sa femme,
ce matin, il en jaillit une joie de vivre réconfor-
tante.

Comment cela se peut-il ?

Toujours plongé dans l'admiration du
visage peint de Marie, il n'entend pas la porte
d'entrée et, comme un mari fautif surpris dans
les bras d'une autre, il sursaute en voyant apparaître sa femme en compagnie de son fils.

Ils ont les bras chargés de sacs et de boîtes.

— Quelle belle matinée ! s'exclame Marie.

Elle presse le pas jusqu'à la cuisine. Quentin, tout sourire, s'amuse de l'air ahuri de son
père.

— Elle s'est levée comme ça, chuchote-t-il.
Elle est entrée dans ma chambre et elle a dit
qu'on allait te faire une surprise.

— Une surprise ?

Quentin se précipite à son tour vers la cuisine.

La table du déjeuner est invitante à souhait. Des fleurs en ornent le centre et un déli-
cieux parfum, mélange de croissants chauds,

de noisette et de café, embaume l'air. Pierre s'assoit, l'air toujours hagard, et avale une gorgée de café. Il n'ose pas parler de peur de rompre le charme.

Cette nuit-là, Pierre et Marie font l'amour avec un désir et un emportement que Pierre croyait disparus à jamais.

Les jours et les semaines passent aussi agréablement qu'on puisse le souhaiter. Marie ayant retrouvé son entrain, l'atmosphère de la maison s'en trouve transformée. Et toute cette bonne humeur culminera un soir où, rentrant du travail, Pierre remarquera que la table de la salle à manger a été somptueusement dressée : porcelaine, argenterie, chandelles, pain tressé et vin en carafe créent un festin pour l'œil.

Dès qu'ils entendent son « Allô ! C'est moi ! », Marie et Quentin l'appellent à la cuisine. Tous deux portent un tablier à carreaux identique. Pierre sourit à la vue de son fils occupé à trancher du pain tandis que sa femme ajoute des fines herbes à un plat.

— Attendrait-on quelque visiteur important ? demande-t-il en embrassant Marie au creux de cet espace qu'il adore, ce nid formé par le cou et la clavicule.

Un visiteur important ? Pour toute réponse, sa question ne reçoit qu'un rire étouffé.

Tous trois se mettent à table.

Bien que Pierre demande plusieurs fois une explication à l'exceptionnelle gaieté qui règne chez lui, ce n'est qu'à la fin du repas qu'on la lui fournira.

— Mon amour, dit Marie, pose-moi à nouveau ta question.

— Très bien. « Pourquoi a-t-on sorti l'artillerie lourde pour un repas du mardi soir ? »

— Non, dit-elle en feignant l'agacement. Celle que tu as posée en arrivant.

— Attends… Il faut que je me rappelle…

Pierre fait mine de chercher. Une expression d'impatience se dessinant sur le visage de Marie, il savoure un instant sa revanche sur les récents mystères avant de s'exclamer :

— Ça y est ! Ça me revient !

Dans un silence anxieux, sa femme et son fils attendent la réponse de Pierre.

— J'ai demandé : « Quand est-ce qu'on mange ? »

Sa question est accueillie par un quignon de pain que lui lance Marie en riant alors que Quentin y va d'un long bouh ! bien senti. Pierre capitule.

— D'accord, d'accord… J'ai demandé si on attendait un visiteur important.

— Et ma réponse est oui ! dit Marie.

Pierre est saisi d'étonnement. Depuis quand un visiteur arrive-t-il à la fin d'un repas ? À moins qu'on ne l'ait invité pour le dessert et le café…

— Qui est-ce ? Et il arrive quand ?

— Qui ce sera, on ne le sait pas encore. Mais il arrivera… dans environ huit mois.

Pierre est incapable de bouger. Il voudrait que le silence qui enveloppe ce moment et les regards échangés durent indéfiniment.

Un bébé. Pierre et Marie vont enfin avoir un bébé.

Il prend la main de son épouse et, sans la quitter des yeux, l'invite à se lever. Sifflant un air de valse, il lui fait faire le tour de la salle à manger, l'enlace, la soulève de terre. À l'invitation de son père, Quentin les rejoint et, se tenant tous les trois par la main, ils traversent une à une les pièces de la maison en chantant à tue-tête.

Appuyé à un lampadaire, le vent froid lui cinglant le visage, Quentin revoit inlassablement ce moment, le plus beau de tous. Jusqu'à ce que, dans son esprit, le pire vienne s'y superposer.

Cet accident causé par sa maladresse et qui changera tout.

Il fait un temps magnifique. Quentin vient de rentrer de l'école et s'apprête à aller jouer au hockey sur le lac du village. Fidèle à son habitude, il glisse le manche de son bâton entre la lame et la bottine de ses patins, les coinçant du côté le plus large. Puis comme un garde tenant sa carabine, il pose son bâton sur son épaule et se dirige vers la porte.

Son père lui a pourtant enjoint de lacer ses deux patins ensemble et de les porter en bandoulière sur son épaule. Tout comme il lui a souvent rappelé de tenir son bâton devant lui.

Mais ce matin-là, Quentin a oublié les recommandations de son père. Avant de sortir, il lance : « À tantôt, *maman* ! » auquel Marie répond de sa chambre : « Je t'envoie un baiser par la poste ! »

Arrivé dehors, Quentin relève son foulard sur sa bouche pour se protéger de l'air froid de cet après-midi de janvier.

Chemin faisant, il se questionne. « À tantôt, maman… »

Quentin sait que Marie n'est pas sa mère. On lui a expliqué qu'Évelyne, sa vraie mère, était morte d'une hémorragie causée par un accouchement difficile. On a surtout longuement insisté sur un détail : Quentin n'était nullement responsable de sa mort. C'était un accident.

L'enfant qui va naître appellera Marie « maman »… Alors que signifiera son « maman » à lui ? Ce sera un autre « maman », presque un faux « maman ». Le seul vrai « maman », désormais, sera celui qu'emploiera son frère ou sa sœur – *frère ? sœur ?* – pour s'adresser à Marie. Son « maman » à lui ne faisant plus le poids, il devra trouver autre chose. Sans doute devra-t-il se mettre à l'appeler Marie, comme son père. Maman-Marie, Marie-Maman, Marie…

Revenu de ses réflexions, il se rend compte qu'il a oublié sa rondelle de hockey. Il court jusque chez lui, entre en trombe dans la maison, aperçoit le disque de caoutchouc sur la dernière marche de l'escalier, s'en empare et se retourne vivement en criant à Marie : « C'est juste moi, j'avais oublié ma… »

Sa phrase est coupée net par un bruit au-dessus de lui. Un bruit qu'il n'ose pas reconnaître, mais qu'il reconnaît pourtant : le bruit de quelque chose qui se déchire. Lentement, il lève la tête et contemple en silence le résultat de sa maladresse. La pointe de la lame d'un patin a traversé le portrait de sa mère de part en part. Une longue strie diagonale va d'une épaule à l'autre en s'élargissant. Un triangle blanc, étroit, long d'une vingtaine de centimètres au moins, pend tristement sur le cadre noir.

Comme la lame d'un poignard.

Quentin est paralysé. De chagrin et de peur.

Il ne pense pas à la punition que son père risque de lui infliger, mais plutôt aux conséquences qu'aura sur leur vie le dommage que vient de subir cette toile. Il en a l'intime conviction, il vient d'abîmer plus qu'un portrait : il a rompu un équilibre.

Ce tableau jouait un rôle dans leur bonheur retrouvé.

Si Marie s'est remise à sourire en se levant le matin, à chanter en préparant les repas, à embrasser spontanément Pierre sans raison et à lui faire des câlins, si Marie s'est remise à vivre, il en est persuadé, c'est le tableau qui en est responsable. Parce que…

… les arts transfigurent la vie…

La résurrection inespérée ne remonte-t-elle pas précisément au lendemain de leur rencontre avec l'artiste peintre ? Ce matin-là, Marie ne s'est-elle pas montrée enjouée, avec dans la voix quelque chose de chantant pour la première fois depuis longtemps ? Lorsque Quentin et elle sont allés faire des courses, n'a-t-elle pas mentionné à plusieurs reprises combien elle se sentait revivre ?

…transfigurent la vie…

Et sur le chemin du retour, alors que, les bras chargés de gâteries, ils pouvaient à peine voir où ils mettaient les pieds, n'ont-ils pas joué à éviter les fentes du trottoir pour ne pas déranger le diable qui dort en dessous ?

Ce diable qui, il en était certain, venait d'entrer par la fente dans le tableau.

— Quentin… qu'est-ce que t'as fait ?

Apparue au pied de l'escalier, Marie s'approche du portrait et examine la blessure qui lui zèbre le corps d'un côté à l'autre. Délicatement, entre le pouce et l'index, elle saisit le bout de toile arrachée pour le remettre en place.

Au même moment, une violente douleur lui vrille l'intérieur du corps.

Poussant un cri, elle joint les mains sur son ventre et tombe assise sur la première marche. Une seconde crampe lui fait pousser un nouveau hurlement. Le visage baigné de sueur, elle frappe plusieurs fois de la main ouverte le pilier de la rampe d'escalier comme pour tenter de transposer le mal ailleurs. Mais rien n'y fait. Les contractions se poursuivent.

Impuissant, Quentin regarde Marie puis le tableau qui la représente.

Sur celui-ci, les yeux ont changé. Le garçon y lit maintenant de l'appréhension.

Que craint-elle donc ?

Perdre ce qui vit en elle.

La Marie du tableau sait.

Quentin monte l'escalier et se rue vers sa chambre afin d'y prendre tout son argent ainsi qu'une photo de Marie, celle qu'il garde dans un cadre sur sa commode.

Il redescend l'escalier à toute vitesse, renfile ses mitaines, remet sa tuque.

— Mais… qu'est-ce que tu fais… Quentin ?

— Je vais te sauver, Marie. N'aie pas peur…

Il se penche et dépose un baiser sur son front mouillé. Marie veut le retenir, mais ne parvient qu'à effleurer la manche de son manteau.

Le garçon lui lance un sourire encourageant avant de sortir.

Il court vers le village, vers l'emplacement de la fête foraine, partie depuis longtemps. Quentin avait entendu son père dire à Marie que la jeune artiste qui avait peint son portrait n'avait pas suivi les forains. Elle avait rencontré un musicien. Il s'était épris d'elle et elle de lui.

Ce ne devrait pas être trop difficile de la retrouver.

Mais après avoir parcouru plusieurs rues et ruelles de la ville à la recherche d'un atelier, d'une galerie, d'un lieu quelconque où un artiste peut s'installer pour peindre, Quentin s'est avoué vaincu.

Le garçon fouille dans sa poche, sent le petit rouleau de billets : cinq, peut-être six dollars. Toutes ses économies. Il sort la photo de Marie. Ses cheveux, ses yeux, son sourire. Il la revoit ensuite étendue sur les marches de l'escalier, se tenant le ventre, priant pour que cesse la douleur.

Il décide de reprendre ses recherches. Avec méthode, cette fois-ci.

Pourquoi ne sommes-nous pas en été ? Les fenêtres ouvertes laisseraient sortir l'odeur de la peinture à l'huile ou de la térébenthine ou bien la musique jouée par son amoureux pourrait descendre jusqu'à lui.

Hélas ! C'est l'hiver et l'hiver, les gens gardent tout enfermé dans les maisons.

C'est alors que Quentin a une idée. Une toute petite idée.

— Personne ne peut vivre sans nourriture, se dit-il. Peut-être qu'un des commerçants du village la connaît et pourrait me donner son adresse ?

Après s'être rendu à la boulangerie, Quentin se dirige vers la pharmacie. Dès qu'il entre, il est frappé par un tableau posé en appui sur une tablette où on range pots et mortier. C'est le portrait d'un jeune homme vêtu d'un uniforme militaire et dont les couleurs hardiment agencées rappellent celles du portrait de Marie.

Il s'approche du comptoir où le pharmacien converse avec une cliente.

— Qui est-ce ? demande promptement le garçon.

— Comment ? dit l'homme.

Choqué d'être interrompu, celui-ci se tourne vers la toile.

— Mon fils, dit-il.

Et il reprend sa conversation.

— Je veux dire : l'artiste, insiste Quentin. Savez-vous qui a peint ce portrait ?

— Bien sûr, répond l'autre. Elle travaillait à la fête foraine.

Puis, reprenant sa conversation avec la cliente, il décrit les circonstances entourant la création du tableau.

— Notre fils partait pour les États-Unis. Nous avions décidé de passer la soirée à la foire. C'est là que cette jeune femme nous a proposé de faire son portrait.

— C'est tout à fait ressemblant, dit la dame. Malgré un choix de couleurs surprenant. Au fait, avez-vous des nouvelles de votre fils ?

— Savez-vous où elle habite ? interrompt Quentin à nouveau.

— Pas la moindre idée, marmonne le pharmacien sans regarder le garçon.

Déçu, Quentin se dirige vers la porte.

— Heureusement, poursuit l'homme en s'adressant à sa cliente, le lendemain matin, tout juste avant de prendre le train, il s'est finalement réconcilié avec sa mère… Un miracle… Je n'y croyais plus…

Quentin s'apprête à sortir quand un homme le retient par un bras.

— Allez voir le marchand général, dit-il. Elle y expose. Il saura peut-être où elle vit.

Retrouvant espoir, le garçon remercie son informateur et court jusqu'au magasin général.

Il n'en croit alors pas ses yeux : l'artiste peintre se tient là, devant lui, de l'autre côté de la vitrine légèrement embuée. Elle est en train d'acheter du sucre. Elle n'est pas coiffée de la même manière et ne porte pas les mêmes vêtements, mais il l'a reconnue.

Il frappe à la vitre du magasin et, par un geste, invite l'artiste à le rejoindre dehors. Elle lui demande pourquoi en secouant la tête et en haussant les épaules. Il ne répond rien. Son regard la supplie. La jeune femme acquiesce, mais lui fait signe d'attendre qu'elle ait terminé ses emplettes.

L'attente durera des siècles. À un moment, Quentin aura l'idée d'entrer pour retrouver l'artiste peintre, mais le magasin est bondé. Il risque de la rater et elle de croire que, lassé d'attendre, le jeune garçon s'en est allé.

Il continue de guetter la porte.

L'artiste paraît enfin sur la galerie du magasin.

— Alors ?

— C'est vous l'artiste, hein ?

— Je suis artiste peintre, oui…

Le garçon lui tend la photo.

— Ma mère.

La jeune femme observe un moment ce visage qui ne lui est pas inconnu.

— Tu as une très belle maman, se contente-t-elle de dire en lui rendant le cadre.

— Elle va mourir. Son bébé aussi.

Stupéfaite, l'artiste regarde Quentin.

— Qu'est-ce que… Mais pourquoi venir m'annoncer ça à moi ?

— Vous pouvez la sauver. S'il vous plaît…

La jeune femme a un mouvement de recul.

— Tu dois… faire erreur. Je suis peintre. Juste peintre…

Le garçon lui tend à nouveau la photographie de sa mère.

— Refaites son portrait. Comme le premier. Aussi beau. Avec la même… magie.

La peintre regarde un moment le garçon puis la photo, et son visage s'illumine.

— Je te reconnais ! J'ai fait le portrait de ta mère, cet été. Je me souviens… Elle était… J'y ai mis tant de passion, tant de cœur.

— Madame, il faut que vous refassiez le portrait de ma mère.

— Vous en avez déjà un…

Quentin lui raconte tout. Il se fait si convaincant que l'artiste ne tente pas de le dissuader. Sa fable est belle. Mais ce n'est qu'une fable. Enfin, comment un tableau qu'elle a peint pourrait-il…?

Elle prend la main du garçon. Ensemble, ils marchent jusque chez elle.

À peine débarrassée de son manteau, l'artiste pose une toile sur son chevalet et, ne jetant qu'un seul regard sur la photo, elle entreprend le second portrait de Marie. Et au fur et à mesure que progresse le tableau, elle murmure : « Je me souviens, oui, je me souviens... »

Chaque geste est reproduit. Chaque teinte. Chaque mouvement.

Quand elle pose son pinceau, Quentin pousse une exclamation.

— Il est pareil ! Mais ce n'est pas du tout les mêmes couleurs que l'autre...

L'artiste contemple sa toile. Il a raison. Elle se souvient des teintes de mauve et de vert. Cette fois, les cheveux sont ocre et carmin. Mais c'est encore Marie.

— Fais-moi confiance.

Elle l'enveloppe dans le même papier kraft que la première fois.

Quentin sort l'argent de sa poche. L'artiste compte. Il y a en tout sept dollars.

— T'en as de la chance aujourd'hui, dit-elle. C'est exactement le prix.

Ravi, le garçon dévale les marches de l'appartement. En sortant, il croise un homme qui tient un étui d'accordéon à la main.

— Qui c'était ? demande le musicien en entrant.

— Un rêveur.

— Je croyais que j'étais le dernier, dit-il en soupirant.

La peintre embrasse le musicien. Puis, un genou posé sur sa cuisse et les bras autour de son cou, elle le fixe un moment.

— Qu'est-ce qu'il y a ? demande l'accordéoniste.

— À quoi pensais-tu exactement au moment où je faisais ton portrait, ce soir-là ?

— À toi. Déjà.

— J'ai dit : exactement.

— Eh bien… Je m'essayais à l'envoûtement. Sous mon chapeau, je ne cessais de me répéter : « Ma musique manouche est magique ! Ce soir, tu tomberas amoureuse folle de moi. »

Le musicien ne voit pas sa compagne blêmir légèrement au moment de poser ses lèvres sur les siennes…

Cavalant d'un trottoir à l'autre, Quentin trouve le chemin du retour affreusement long. Il court jusqu'à épuisement, marche un peu, reprend sa course, marche à nouveau, se remet à courir en tenant contre lui le précieux tableau. Il faut que le portrait de Marie se rende intact jusqu'à elle.

Il arrive enfin.

Son père est là. Un homme, un médecin à en juger par son allure, est au salon avec lui.

— Vous comprenez la situation ? dit ce dernier au moment où Quentin fait irruption dans la maison.

— Papa… Je suis désolé… La toile… Mais j'ai réparé mon erreur. Regarde papa, j'ai réparé mon erreur.

— Excusez-moi, docteur.

Pierre se précipite sur son fils et le tient serré contre lui.

— J'ai eu si peur, Quentin, murmure-t-il. Où étais-tu ?

— Je suis allé réparer ma bêtise, papa. Tu dis qu'il faut toujours réparer sa bêtise…

Le garçon défait le papier kraft et montre à son père le nouveau portrait de Marie.

— Maintenant, Marie va aller mieux.

Incrédule, Pierre examine le tableau.

— Ma foi, il est… il est encore plus beau que le premier…

Derrière eux, le médecin sourit en enfilant son manteau.

— N'oubliez pas, dit-il en sortant. Elle ne doit se lever sous aucun prétexte. S'asseoir dans le lit, changer de position : oui. Mais elle doit éviter de quitter le lit sauf pour les nécessités. Bien entendu, je l'accoucherai ici même.

— Bien entendu, répète Pierre. Et merci, docteur ! Merci mille fois. Vous avez sauvé ma femme.

Quand le médecin a pris congé, Quentin fait signe à son père qu'il a un secret à lui confier.

— On ne va pas le dire au docteur, mais pour de vrai, ceux qui ont sauvé maman, c'est la peintre et moi.

— Bien sûr, Quentin, dit Pierre en lui caressant les cheveux. Monte voir Marie. Elle t'attend.

S'emparant du tableau, Quentin monte les premières marches rapidement, mais il se ravise et poursuit son ascension avec une prudente lenteur.

Quelques jours plus tard, grâce aux bons soins de Pierre, non pas un, mais deux tableaux de Marie, placés côte à côte, ornent le mur de l'entrée. On distingue à peine la cicatrice du premier. Du travail de maître.

— Maintenant, Marie va être deux fois plus joyeuse, déclare Quentin.

— Tu sais Quentin, Marie avait de bonnes raisons d'être triste. Tu te souviens de mon voyage en Afrique ? Marie avait profité de mon absence pour consulter un médecin. Elle voulait qu'on lui fasse passer des tests. Elle cherchait à savoir pourquoi elle n'arrivait pas à devenir enceinte. À la suite des résultats des tests, le médecin lui a dit qu'elle avait un problème dans son ventre et qu'elle n'aurait probablement jamais d'enfants. Et même si, par miracle, elle venait à concevoir un enfant, elle le perdrait sûrement.

Quentin considère son père, cherchant à voir dans ses yeux s'il peut lui poser la question qui lui brûle les lèvres.

— Est-ce qu'elle va le perdre ? demande-t-il enfin.

— Le docteur dit que non. Pas si on prend bien soin d'elle.

— Et des tableaux.

Pierre esquisse un sourire en regardant les deux visages de Marie. Aussi beaux l'un que l'autre et pourtant si différents.

— Tu te souviens, Quentin, le matin où elle était si gaie ? Elle avait lu dans le journal qu'un médecin, le Dr Rochon, qui était ici l'autre soir, avait trouvé une façon de « traiter » le problème que Marie avait dans son ventre, et que plusieurs femmes étaient devenues enceintes grâce à lui. C'est pour cette raison qu'elle était de si bonne humeur quand elle t'a emmené acheter des surprises et des gâteries pour déjeuner.

La mine songeuse, le garçon ne dit plus rien.

Cinq mois plus tard, lorsque Quentin apprend que Marie est en train d'accoucher, il s'assoit devant les deux portraits et, les regardant tour à tour, il scrute chaque détail, admire le coup de pinceau, le point de lumière dans les yeux, le pli de la bouche et tâche de prendre un peu de vie à ces deux Marie-là pour en donner à l'autre. Et quand les pleurs lui parviennent depuis la chambre de ses parents, il sourit en apercevant sur les visages de Marie fatiguée passer l'ombre d'un soulagement, d'une délivrance.

Son père descend et annonce une grande nouvelle à son fils. Souriant, celui-ci demeure un instant encore dans la contemplation de ces deux tableaux qui viennent de lui livrer leur dernier secret.

Ces deux tableaux, pareils et si différents.

— Je le savais, murmure-t-il.

Fou de joie, Pierre vient d'apprendre à son fils que Marie a mis au monde non pas la sœur ou le frère de Quentin, mais sa sœur et son frère.

Des jumeaux.

Non identiques.

Et en parfaite santé.

les barbares

Le corps humain
est une cathédrale.

Bernard Werber

C'est pourquoi l'oubli toujours menace, et la mort, et
la fatigue, et la bêtise, et le néant. Exister, c'est résis-
ter ; penser, c'est créer ;
vivre, c'est agir.

André Comte-Sponville

— S erge ? M'entends-tu ? appelle une voix
de l'extérieur.
Caché au dernier étage, Serge regarde
par la lucarne les camions garés devant l'édifice. Dans son dos, il sent cinq paires d'yeux
qui le fixent.

— Ils savent qui je suis, dit-il. Plus qu'une
question de temps maintenant.

Malgré l'imminence de la défaite, prévisi-
ble depuis le début, le garçon refuse de s'avouer
vaincu. Et bien sûr, il en va de même pour ses
cinq amis.

— Oui, on sait qui tu es, Serge ! dit à nouveau la voix. Et tes parents vont bientôt arriver. Si tu sors tout de suite, tes amis et toi
pourrez repartir. Pas de conséquence. Je te
donne ma parole. Mais il faut sortir.

La promesse d'un barbare !

Aucune conséquence ? Sa horde est en bas prête à tout saccager. Comme Attila. Mais Attila n'a-t-il pas finalement connu la défaite ?

« C'est l'histoire qu'il faut raconter, se dit Serge. Comme à la clinique... »

Il fixe son groupe.

— Connaissez-vous un homme appelé Attila ? demande-t-il.

Serge voit les enfants former un cercle autour de lui.

— Il était le chef de la tribu des Huns. Son armée détruisait les villes et massacrait les gens. Impossible de l'arrêter.

Dehors, la voix multiplie les semonces.

— Serge, sois raisonnable !

Imperturbable, le garçon poursuit son récit.

— En apprenant qu'Attila et sa horde approchaient de leur ville, les habitants de Rome étaient terrorisés. Ils se voyaient déjà morts, empalés, brûlés, décapités. Attila ne faisait jamais de prisonniers.

Comme chaque fois qu'il leur raconte une histoire comportant des détails sordides, Serge voit ses cinq auditeurs frémir en souriant.

— Quand son père est mort, Attila a même fait assassiner son frère pour ne pas partager le pouvoir avec lui !

— Il a fait tuer son propre frère ? s'étonne Jean-Jacques.

— Pas pour rien qu'on l'appelait le « fléau de Dieu », réplique Serge.

— C'est quoi, un fléau ? demande Véronique.

Le garçon observe un moment les grands yeux bleus et les lèvres rouges de celle qui vient de poser la question. Jean-Jacques est tombé amoureux d'elle en la voyant et Serge comprend pourquoi.

— Un outil pour faucher l'herbe, explique-t-il. Attila fauchait les vies.

— Il était comme une maladie ? demande Véronique.

Une question qui n'attend pas de réponse.

— Mais pourquoi « de Dieu » ? s'étonne Geneviève. C'est Dieu qui lui disait de faire mal aux gens ?

— Les gens ne croyaient plus du tout en Dieu, raconte Serge. L'Église leur a dit qu'Attila avait été envoyé sur Terre pour que les hommes reviennent vers Dieu.

— À la clinique, rappelle Thomas en essuyant ses lunettes, le prêtre dit : « Dieu apparaît quand on n'a plus rien. »

— On n'est pas à la clinique, rouspète Véronique.

Dehors, une nouvelle voix au timbre doux mais ferme se fait entendre.

— Serge ! C'est le maire qui te parle ! C'est assez les niaiseries ! Toi et ton groupe, vous avez dix minutes pour vous en aller. Après ça, on enfonce la porte et on vous expulse. Et ça ne va pas être délicat !

Les menaces du maire n'impressionnent guère les enfants qui attendent avec anxiété la suite de l'histoire.

— Arrivé à Rome, Attila aperçoit un homme seul. Sans armes. C'est le pape. Il s'appelle Léon 1er le Grand. Attila et lui discutent. Longtemps. Et savez-vous quoi ?

Philomène, la première, secoue son épaisse tignasse rousse.

— Le pape arrive à convaincre le barbare de rentrer chez lui.

Les enfants ouvrent de grands yeux éberlués.

— Rien qu'en lui parlant ? s'écrie Véronique.

— Sans se battre ? demande Jean-Jacques. Comment il a fait ça ?

— Peut-être que ses mots ont suffi, dit Serge. Parfois, les mots sont capables de convaincre mieux que n'importe quoi.

— Alors nous, on pourrait faire comme le pape Léon, suggère Geneviève.

Elle fait courir ses doigts dans ses cheveux blonds et lisses comme des fils de soie.

— Oui ! approuve Philomène qui tortille une de ses mèches autour de son index. On pourrait obliger les barbares à s'en aller. Avec juste des mots.

— C'est toi, Serge, qui vas le faire, dit Jean-Jacques. T'es bon avec les mots.

Serge se lève, jette à nouveau un regard par la minuscule lucarne de l'imprenable cachette où il se terre.

— Venez-vous-en !

En arrivant au rez-de-chaussée, le garçon éprouve un sentiment de sécurité en voyant les planches de bois qu'il a clouées en travers de la porte principale.

On enfonce la porte ! Essayez toujours.

De chaque côté, les six fenêtres à guillotine sont aussi impossibles à ouvrir. En plus des longs clous plantés dans leur cadre, le centre est orné d'un vitrail réalisé par un artiste verrier du pays. Il est hors de question qu'elles soient brisées. Pas plus que les bas-reliefs en plâtre ou en bois qui ornent plusieurs salles de l'édifice. Un butin trop précieux pour l'abîmer. Les barbares s'en empareront pour le revendre avant de raser le château. Tout ça, Serge l'a appris par hasard.

Quelques semaines plus tôt, installé dans l'ancienne bibliothèque du rez-de-chaussée, le garçon régalait ses amis d'un nouveau conte de son cru, quand il entendit des voix. Il entraîna aussitôt sa compagnie vers le cagibi du cinquième. Un peu plus tard, un groupe d'hom-

mes s'arrêta non loin de la cachette. Par les propos qu'ils tenaient, Serge crut d'abord qu'on
allait rénover l'édifice. Mais il mit très peu de
temps à comprendre que le projet de ces hommes était de démolir le collège.

Son repaire allait être anéanti comme un
château de cartes.

Serge en avait parlé à ses parents. Mais
devant le peu d'intérêt que ceux-ci manifes-
tèrent pour cette ruine, le garçon décida de
prendre les choses en main. Il amassa des
vivres, barricada, boucha, barra le moindre
accès au collège, y compris son entrée secrète,
ne se gardant qu'une étroite fenêtre et la résistance commença.

Mais Serge n'entretenait guère d'illusion
sur ses chances de victoire.

Les barbares trouvent toujours le moyen
d'entrer. Cependant, tant qu'ils ne sauraient
pas combien d'enfants squattaient le collège,
ils n'oseraient pas le détruire. Qu'un seul d'entre eux échappe aux fouilles pour être retrouvé
plus tard au milieu des décombres, et ce serait
la catastrophe. Un seul d'entre eux.

C'était sa carte maîtresse.

Suivi de sa troupe, le garçon s'élance vers
le gymnase et revient, tenant dans ses mains
un cône en plastique orangé dont les éduca-
teurs physiques se servent pour délimiter les
parcours. Revenu au quatrième étage, il ouvre

une fenêtre. La voix du garçon est suffisamment amplifiée par ce porte-voix pour être entendue des barbares.

— Attila ! crie-t-il. Ô roi des Huns ! Pourquoi veux-tu détruire notre château ? Renonce ! Regagne tes terres comme tu l'as fait devant Rome !

Il se tourne et attend l'approbation de ses acolytes. Jean-Jacques sourit, ses yeux disparaissant sous ses paupières aux longs cils noirs, Geneviève mâchouille une mèche de cheveux blonds en gloussant, Éric et Véronique se tapent dans les mains et Philomène sautille sur place, rigolant et agitant son opulente crinière fauve.

Appuyés sur leurs outils, les hommes se regardent sans comprendre. Derrière eux, une voiture remonte le chemin de gravier et s'immobilise dans un nuage de poussière.

— Monsieur le maire ! s'écrie le conducteur. On est les parents de Serge.

Une femme sort à son tour de la voiture.

— Le chef de la police nous a prévenus, dit-elle. Qu'est-ce qui se passe ? Je veux parler à mon fils.

— Votre fils, dit le maire, est à la tête d'une bande de squatters. S'ils refusent de sortir, on va devoir…

Il est interrompu par la voix de Serge.

— Mon château est un chef-d'œuvre, Attila ! Épargne-le ! Tu gagneras mille fois plus en respect que l'argent que tu penses y trouver ! Repars avec ton armée !

— François, murmure la mère à l'oreille de son mari, tu sais ce que ça veut dire quand Serge parle comme ça.

Le père de Serge opine de la tête.

— Comment ? demande le maire, l'air consterné. Depuis quand est-ce qu'il est question d'argent ? Ça n'a absolument rien à voir…

— Monsieur le maire, dit François, laissez-moi lui parler. Notre fils est encore perturbé par de récents événements et…

— Perturbé ? intervient l'ingénieur. Et mon chantier, lui ? Votre fils a bloqué toutes les issues du collège. Quand on a essayé d'entrer par une fenêtre, en montant dans une échelle, lui ou un de ses amis a menacé de la faire basculer avec une perche. Il a versé des seaux d'eau froide sur la tête de mes ouvriers en disant que la prochaine fois, ce serait… de l'huile bouillante !

Les parents échangent un regard alarmé. Le psychologue les avait prévenus. « Serge a tendance à fuir la réalité quand la douleur devient trop aiguë. »

— De l'huile bouillante, vous vous rendez compte ? s'écrie l'ingénieur. Et quand nos hommes ont installé des échafaudages pour se protéger de ses attaques, regardez ce que ses amis et lui ont fait !

L'homme montre du doigt la pelouse où des morceaux de bois gisent un peu partout.

— Ce sont des chaises ! dit l'ingénieur en mordant dans chaque syllabe. Des dizaines de chaises qui nous sont tombées dessus en même temps ! Des chaises que votre fils et sa bande de voyous ont balancées par les fenêtres depuis le quatrième étage.

— Ils sont combien là-dedans ? demande le père de Serge.

— On sait pas, dit le contremaître. Une dizaine peut-être. Mais votre fils est le leader.

Le ton du contremaître ne laisse planer aucun doute quant à la responsabilité qu'il attribue aux parents de Serge.

— Comment avez-vous su que Serge était notre fils ? demande la mère.

— Un des ouvriers l'a reconnu, intervient le chef de police. Cet homme fait du déneigement chez vous et votre fils sortait pour le regarder travailler. Un jour, l'homme l'a fait monter à bord de sa déneigeuse : votre Serge voulait voir les manettes.

— Comme bien des enfants, mon fils est un garçon curieux, dit le père.

— Je dirais que votre fils est plus curieux que la moyenne ! siffle l'ingénieur.

— Je veux lui parler, dit François.

Il tend la main pour qu'on lui remette le porte-voix et fait quelques pas vers l'ancien collège pour être bien visible.

— Serge, dit-il d'une voix basse. C'est papa. Je comprends ce que tu veux faire, tu sais. J'ai lu la bannière que tu as accrochée. Je trouve ça… admirable.

Dans une armoire du dortoir, Serge avait découvert de vieux draps blancs tachés. Le garçon les avait cousus ensemble et inscrit ce message à la peinture rouge :

Sauvez-moi ! Je ne suis pas qu'un tas de pierres ! Je suis LA CRÉATION VIVANTE d'un artiste !

Il avait accroché la bannière bien en vue, sous les fenêtres du dernier étage. La veille, il avait dit à ses parents qu'il dormait chez son ami Francis, alors qu'il avait passé la nuit à errer seul dans son château, se demandant s'il avait raison de se battre. Et puis… est-ce que ça arrêterait la douleur ?

Au milieu de la nuit, n'arrivant pas à trouver le sommeil, il était descendu à la bibliothèque poser la question à la voix.

La première fois, il avait cru que cette voix était celle d'Aloysus, l'architecte, mais finalement, il avait compris que c'était celle du château lui-même. Il n'en avait rien dit aux autres. Qu'auraient-ils pensé de leur meneur ?

— C'est la douleur qui te pousse à agir, dit la voix.

— Est-ce qu'elle va partir ?

— Oui. Mais elle reviendra. La vie est construite comme ça : douleur et bonheur. En succession.

Appuyé au mur, sous la fenêtre, le cône posé à côté de lui, le garçon pense à ce que lui a dit la voix. Le bonheur, le malheur. Des images lui reviennent... Il est soudain ramené au présent par la voix de son père.

— Mais là, c'est fini, mon gars, poursuit François. Tu ne peux pas sauver le collège. C'est trop tard.

Silence. Bernadette, la mère de Serge, s'approche du porte-voix.

— Serge, c'est maman. Plus tu attends, plus ton cas s'aggrave. Si tu sors tout de suite, je t'assure que les conséquences...

Elle se tourne vers le chef de police et le maire. L'un fait une moue bon enfant alors que l'autre fait non de la tête.

— ... qu'il n'y aura aucune conséquence, termine-t-elle.

À nouveau le silence.

— Serge ! dit son père qui se sent déjà à bout d'arguments. Si on allait chez *Guido* pour parler de tout ça autour d'un *panettone* ! Qu'en dis-tu ? Tu vois bien que c'est inutile de t'entêter.

Seul le chant joyeux d'un cardinal vient troubler le silence.

Arrachant le porte-voix des mains du père, le contremaître marche vers le collège.

— Là, écoute-moi bien, jeune homme ! s'écrie-t-il. On a été patients. Cet édifice-là, ce n'est pas ton château ! C'est un collège ! Et il va être détruit parce qu'il est devenu dangereux ! Un point, c'est tout ! Sais-tu que tes amis et toi vous risquez votre vie en restant enfermés là-dedans ?

Les parents de Serge questionnent l'ingénieur du regard. Celui-ci lève les sourcils et fait un signe de tête affirmatif.

— Imaginez le risque que ces enfants-là courent ! dit le maire. Quand je pense qu'ils viennent ici depuis deux ans. Vous vous rendez compte ?

— Depuis deux ans ? s'exclame Bernadette.

— Vous ne le saviez pas ? demande le contremaître.

Sa mine laisse deviner l'opinion bien peu favorable qu'il a des parents qui ignorent ce que fait leur fils de ses grandes journées.

— C'est votre fils qui nous l'a dit avant de nous lancer des seaux d'eau froide sur la tête, ajoute-t-il.

Les parents de Serge sont abasourdis.

Le matin, ils le voyaient partir sur son vélo, la mine joyeuse et le havresac bourré de livres.

François et Bernadette se réjouissaient de voir leur fils refaire enfin surface. Ils l'imaginaient avec plaisir sous un arbre dans la montagne ou au bord du lac du Moulin, à lire ou à écrire des histoires qu'il ne montrait à personne. Or, durant tout ce temps, il était ici, dans cet édifice dangereux, s'amusant à quelque jeu fantastique en compagnie d'amis dont il ne parlait jamais.

— Il nous faudrait les noms des amis de Serge, dit le maire.

— Notre plus grand obstacle, explique l'ingénieur, c'est de ne pas savoir combien ils sont. Tant qu'on n'a pas cette information, inutile d'entrer en force. On ne saurait jamais si nous les tenons tous.

— Imaginez ! ajoute le maire. S'il fallait qu'on détruise le collège et qu'il y ait un ou des enfants encore dedans... Une vraie catastrophe !

Bernadette et François échangent un regard entendu : la préoccupation du maire est plus politique qu'humaine. Comme la plupart de ses semblables, son unique souci, après une élection, est de paver la voie vers la suivante.

— Faites-nous une liste, suggère le contremaître.

— Une liste ?

L'homme et la femme haussent les sourcils en souriant.

— Serge n'a pas tellement d'amis, explique la mère. Celui qui compte le plus est un camarade de classe appelé Francis. On lui a téléphoné tout à l'heure pour vérifier si Serge était chez lui. Francis était absent, et son père nous a appris que, contrairement à ce qu'on pensait, Serge n'avait pas passé la nuit chez eux.

— C'est évident, dit le maire. Il était déjà installé ici, et ce Francis est venu le rejoindre tôt ce matin. Qui d'autre pourrait être avec lui ? Ils sont au moins une bonne dizaine là-dedans.

— Aucune idée, répond le père. Il faudrait que j'entre, que je lui parle…

— On a tout essayé, dit le contremaître.

— La première fois, Serge est entré comment ? demande la mère.

La question est reçue par un haussement d'épaules.

— Et si… on partait, laisse tomber l'ingénieur.

— Quoi ? s'indigne le maire. Partir ? Jamais de la vie !

— Écoutez-moi, poursuit l'autre. On laisse croire aux enfants qu'ils ont gagné, qu'on abandonne.

— Et ? demande le maire.

Le visage de l'ingénieur se fend d'un sourire arrogant.

— Ils ne pourront pas rester là indéfiniment.

— Julia Hill ne serait pas de cet avis, intervient le chef de police.

— Qui ? s'impatiente le contremaître.

— Julia Hill. Une jeune fille de l'âge de Serge qui a bravé la pluie, le vent, le froid et la solitude durant plus de deux ans au sommet d'un séquoia géant. Elle voulait le sauver des tronçonneuses. À comparer, Serge habite un cinq étoiles.

— Et qu'est-ce qui a convaincu Julia Hill de descendre ? demande le père.

— La compagnie forestière s'est engagée, par contrat, à ne pas abattre son séquoia et cinq autres arbres géants aux alentours.

— Hors de question, dit l'ingénieur. On ne négocie pas.

— Si notre plus grand obstacle est de ne pas savoir combien ils sont, dit le maire, pourquoi ne laisserait-on pas quelque chose avant de partir, une espèce de cheval de Troie. On y cache un micro. Serge rentre notre cheval de Troie dans le collège et là, on entend les noms, les voix. On saurait vite combien ils sont. Après, on défonce la porte et on fouille le bâtiment jusqu'à ce qu'on les ait tous attrapés.

L'ingénieur réfléchit puis s'adresse au chef de police.

— Est-ce que vous avez ce genre de micro-là ?

— Il y a deux ans, répond le policier, nos services ont collaboré avec la Sûreté pour une histoire de plantation de marijuana. Ils nous ont prêté quelques micros minuscules. Quand la collaboration a été terminée, ils ont « oublié » de nous les demander.

L'ingénieur accueille cette nouvelle avec un large sourire.

— Et vous avez une idée pour le cheval de Troie ? interroge le contremaître.

Le maire se tourne vers les parents de Serge.

— Mes amis, dit-il avec un sourire de panneau électoral, on va avoir besoin de votre aide.

Serge s'inquiéte de l'action de ses ennemis.

— Ça fait longtemps qu'ils discutent, dit Jean-Jacques.

— Penses-tu qu'on a réussi ? demande Philomène. Est-ce qu'ils vont renoncer ?

— Pas encore, dit Serge.

Le garçon se demande si les membres de son armée auront la force de tenir. Bien sûr que si. Comment pourrait-il en être autrement ?

— Qu'est-ce qui peut bien se passer ? dit Serge en jetant un œil dehors.

Les adultes sont en cercle et ils parlent. Son père penche la tête en arrière et enfonce les mains dans ses poches. Serge reconnaît cette posture et sait ce qu'elle annonce.

— Pas d'accord !

Le père de Serge veut bien collaborer, mais il refuse de trahir son fils.

— Il s'agit de sauver votre fils contre lui-même, dit le maire. Et ses amis. S'il leur arrive quelque chose, c'est lui qui va être responsable. Il m'a tout l'air d'être leur chef.

— Oubliez le fait qu'il occupe illégalement les lieux, ajoute l'ingénieur. L'édifice est dangereux, on vous l'a dit. Si c'était mon fils, je ferais tout pour qu'il en sorte, et vite.

— Les fondations, renchérit le maire, ont des fissures de la largeur du Grand Canyon.

Le père de Serge regarde l'ingénieur dans les yeux.

— C'est vrai ?

— Absolument, répond celui-ci avec une subtile note de triomphe dans la voix. Voyez-vous, le « château » de votre fils a été construit il y a presque cent ans et il n'était pas adapté à notre climat. La congrégation a abandonné le collège parce que, chaque année, sa structure avait besoin d'énormes réparations. Et maintenant, ils sont obligés de le faire détruire... par décret municipal.

Le regard suppliant que lui lance sa femme finit par avoir raison de la résistance de François. Quelques instants plus tard, leur voiture suit celle du chef de police sur le chemin menant au village.

Assis tout seul dans l'ancienne bibliothèque, Serge réfléchit.

— Je me demande pourquoi ils ont fait partir mes parents…

— Ils ont peut-être décidé d'entrer en force
pour vous expulser. Sans témoins.

— Ils ne peuvent pas, répond Serge calmement.

— Tu sais que s'ils entrent et qu'ils te prennent, Serge, tout est fichu. Les autres dépen-
dent de toi.

— Ils ne nous trouveront pas, dit le garçon.
Tu m'as montré la meilleure cachette.

— Tu dois résister, Serge. Mais pas au prix
de ta vie.

— Il ne m'arrivera rien, dit-il. Sauf si un de
tes plafonds me tombe dessus !

— Je ne suis pas en mauvais état et tu le
sais bien. Ce sont des mensonges, des exa-
gérations pour me vendre par petits morceaux.

— Ils font toujours ça, dit Serge. Ils te prennent, morceau par morceau.

— Ne m'abandonne pas.

— Compte sur moi. Je suis trop heureux
ici, trop en paix pour les laisser te démolir.

— Avec tes amis et toi présents, je me sens
respirer à nouveau, comme à l'époque où les
enfants vivaient et apprenaient entre mes murs.

Tranquilisé, il rejoint ses amis et leur fait signe qu'il faut monter, s'enfermer dans le cagibi et attendre.

— Bien entendu, dit-il en fermant la porte, ils peuvent toujours nous trouver.

— Pas d'accord ! proteste Philomène.

— Ça va leur prendre une éternité pour découvrir cette place-là, approuve Véronique.

— Nous, c'est par hasard qu'on l'a remarquée de dehors, rappelle Jean-Jacques, à cause de la lucarne qui brillait.

— Une porte derrière la tête de lit du surveillant ! rigole Philomène.

— Je me demande à quoi ça servait, ajoute Geneviève.

— C'était pour punir les mauvais élèves, répond Serge.

Les cinq enfants le fixent, attendant la suite, comme toujours.

— Quand un pensionnaire s'énervait ou qu'il empêchait les autres de dormir, le surveillant avait le droit de l'enfermer dans le cagibi pour le reste de la nuit.

— Comment tu sais tout ça, Serge ? demande Jean-Jacques.

— Parce que je connais notre château, répond-il. Ses histoires et ses souvenirs. Et aussi parce que je lis des romans, Jean-Jacques ! Toi, tu ne lis jamais rien !

Et ils éclatent de rire.

— La raison qui m'a fait accepter de tendre un piège à notre fils, dit François, c'est parce que tout ça doit se terminer.

— À cause du danger, ajoute Bernadette.

La voiture des parents de Serge roule en direction de la ville voisine et du restaurant Chez Guido.

— Il ne cédera pas avant d'avoir tout essayé.

François prend une grande respiration.

— Ils ne nous écoutaient même pas quand on lui parlait.

— …

— J'essaie juste de…

— Arrête de te justifier, François, dit calmement sa femme.

— Dis-moi que j'ai bien fait.

— T'as bien fait.

Il lui prend la main.

— Je vais lui écrire un mot, et tu vas le laisser dans la boîte avec le *panettone*.

— Qu'est-ce que tu vas faire pendant ce temps-là ?

— Chercher une façon d'entrer dans le collège.

— Qui est avec lui, tu penses ? demande Bernadette.

— Sais pas, répond son mari. Ou plutôt, j'ai un doute. Épouvantable.

François serre encore plus fort la main de sa femme.

Le chef de police a fait installer, dans la boîte du gâteau, un double fond sous lequel on a caché un micro pas plus gros que l'efface d'un crayon. Sur une carte de *Chez Guido* qu'il pose bien en vue dans la boîte, François a écrit « Bon appétit ! – Papa ». Puis, pendant qu'il prend à pied le chemin de la maison, le chef de police et Bernadette reprennent celui de la montagne à bord de leur voiture respective.

François passe une heure à fouiller la chambre de Serge, mais il ne trouve rien. Au sous-sol, il passe chaque pièce au peigne fin. Une ancienne maquette d'un village amérindien que Serge a réalisée en sixième année, une base spatiale avec deux cosmonautes découpés dans du carton, de vieux dessins remontant à la maternelle, tous ces objets lui rappellent un million de souvenirs. Son fils est incapable de se défaire de la moindre babiole. Selon Serge, chaque objet a une histoire, un souvenir à raconter. Tout a du prix à ses yeux.

François réfléchit. Son fils a deux passions dans la vie : lire et écrire. Il a regardé dans tous ses livres, mais il n'a rien trouvé qui puisse le mettre sur une piste. Les bouquins et les magazines, dans sa chambre, ne témoignent que de l'intérêt de Serge pour le Moyen Âge.

Le Moyen Âge, les châteaux, Attila, les barbares... Brusquement, François a l'impression qu'il tient quelque chose, un lien.

Ses histoires !

Le garçon s'était mis à l'écriture de récits de chevalerie, avec invasions, forteresses assiégées et héros qui sauvent la situation. Il a déjà lu quelques-unes de ses histoires à ses parents. Or, aucune ne se trouvait dans sa chambre.

« Il les a sans doute emportées avec lui pour les lire à ses amis, pense François. Mais elles se trouvent dans son ordinateur. »

Au moment de mettre l'appareil en marche, une désagréable sensation s'empare de lui. François s'apprête à ouvrir les dossiers de Serge, à fouiller le moindre écrit, à examiner chaque illustration, à s'immiscer dans son monde sans y avoir été invité.

Refoulant ses scrupules, il ouvre le dossier marqué « Mes écrits » et remarque un sous-dossier nommé *Contes et légendes du pays du chevalier Urbanis*. Il fait défiler un à un les titres de ses histoires et, tout à coup, il en relève une au titre on ne peut plus évocateur : *Urbanis et le château vivant*.

François revoit les mots peints en rouge par son fils sur la grande banderole : *Je ne suis pas qu'un tas de pierres... Je suis la création vivante d'un artiste...*

Il ouvre le dossier et commence sa lecture.

Tout a été plié, rangé, mis dans des coffres et empilé à l'arrière des camions. Comme une armée défaite, le convoi se met en branle. Devant le vieil édifice, il ne reste qu'une boîte avec un grand carton bleu posé dessus.

« À Serge ! de la part de papa et maman ».

Surpris par un départ aussi rapide, Serge regarde s'éloigner les camions en se demandant quel nouveau piège le guette. De loin, il observe la mystérieuse boîte en imaginant différentes hypothèses sur son contenu. Il connaît la nature inquiète de ses parents. Sans doute s'agit-il d'un vêtement chaud ou d'une gâterie, quelque chose à manger. Et puis il reconnaît la boîte, bleue avec des rubans dorés. Il monte au cinquième s'assurer que les camions sont bel et bien partis.

Arrivé au collège en bicyclette, François fait le tour des murs en relisant le passage de l'histoire qu'il a imprimée.

Blessé, épuisé, Urbanis approchait du château de sire Charles-Édouard van der Aloysus. Cet Aloysus, qui était un ami d'Urbanis, lui avait dit que, si jamais il devait entrer dans son château de toute urgence, il trouverait une issue secrète à la b…

Mais il n'avait pas eu le temps de finir sa phrase. Il avait été assommé et fait prisonnier par le chef des Vandales, le redoutable Khansis Krasch. Urba-

nis, lui, avait tout juste eu le temps de se sauver. Le chevalier étudia les abords de l'édifice. Il examina chaque recoin, mais il ne trouva rien, pas d'entrée secrète. Urbanis se répétait : « À la b… à la b…»

Le temps presse. Bientôt, le soir tombera. François remonte sur son vélo et se rend à un promontoire situé à bonne distance du collège. De là-haut, il embrasse d'un seul coup d'œil le domaine entier. Il voit s'éloigner les camions conduits par les ouvriers. Il les suit du regard lorsque son attention est retenue par une anomalie, une dénivellation dans le terrain qu'il n'avait d'abord pas remarquée.

Une ancienne rivière coulait sous les fondations à l'intérieur du château. Urbanis eut un frisson en pensant qu'il allait nager dans les eaux sales entourant le château.

Dissimulée par des hautes herbes, la dénivellation serpente jusqu'au mur du collège. Franchissant la distance, François laisse tomber sa bicyclette et dévale en courant la pente menant à l'étroit fossé. Mais son excitation s'évanouit à mesure que la crevasse perd de sa profondeur jusqu'à être entièrement comblée de terre et de végétation à quelques mètres du collège.

— Urbanis, tu m'as trompé ! grogne François.

Essoufflé, il s'assoit par terre et se remet à lire.

Urbanis rampe dans une boue épaisse, noirâtre et peu profonde. Il arrive à une grille. « L'entrée secrète se trouve à la b… » À la base du mur ! Il glisse son épée incassable entre le métal et la pierre et il arrache la grille du mur. Il entre enfin dans le château.

Où se cache l'entrée secrète de cet édifice ? Frustré, François arrache herbes folles et pissenlits près de la fondation. Sa main entre soudain en contact avec du métal. Retirant la terre avec les doigts, il comprend que le morceau de métal est en fait le devant d'une grille qui se prolonge dans le sol. Il creuse de plus belle dans la terre meuble. Au bout de quelques minutes, il découvre une rangée de barreaux cylindriques rappelant ceux d'un cachot. Au comble de l'excitation, il continue à retirer la terre pour découvrir que la crevasse est un ancien ruisseau, asséché par les travaux de déviation des cours d'eau de la montagne.

Dévissant sans mal les quatre boulons qui tiennent la grille en place, il libère la voie menant à l'intérieur du château.

Il s'engage dans le tunnel. Les murs sont sales et couverts de mousse. Progressant à quatre pattes sur les pierres du ruisseau asséché, François arrive face à une porte de bois vermoulu qu'il enfonce d'un coup de pied. À la lumière de sa lampe de poche, il examine les murs et découvre avec étonnement qu'ils sont en excellent état.

— Où elles sont les fissures larges comme le Grand Canyon ?

Avisant un escalier sur sa gauche, il le gravit et arrive à un palier. Il pousse lentement la porte et débouche dans une vaste pièce qu'éclaire la lumière dorée du soleil couchant. Des vignes noueuses, sculptées dans l'acajou, courent le long des murs. Des vitraux multicolores représentant la musique, la danse, les beaux-arts, sont traversés par la lumière, projetant dans la pièce une myriade de couleurs.

François fait quelques pas et aperçoit un autre escalier qui se rend aux étages. Il est sur le point de s'y engager quand il entend une voix.

— On va se régaler ! Savez-vous ce que c'est ? C'est un *panettone* de Gênes.

Des bruits de pas. François n'a d'autre choix que de se cacher sous l'escalier.

— On va s'installer ici, dit Serge en entrant dans la pièce.

Dissimulé par la crémaillère, François voit son fils assis sur la dernière marche, ouvrant la boîte du *panettone* et s'en détachant une énorme portion avec les doigts.

— Alors ? demande-t-il la bouche pleine. C'est bon, hein ?

Personne ne répond.

— Tu as raison Philomène, dit le garçon. C'est très moelleux.

— …

— De l'orange ? Mais oui, il y en a dedans.

— …

— Jean-Jacques ? Tu veux en donner un bout à Geneviève ?

Et Serge d'éclater de rire en regardant autour de lui.

Le garçon s'adresse à des ombres. Des fantômes avec qui, François en est certain, il partage ces lieux depuis plus de deux ans. Ainsi s'avère ce qu'il soupçonnait : son fils est en plein délire.

— On a réussi ! On a sauvé notre château !

— Hélas non, dit doucement la voix de son père.

La portion de gâteau toujours en main, le garçon se retourne et jette un regard incrédule à François.

— Papa ? Mais… par où t'es entré ?

— J'ai fait comme Urbanis. J'ai déterré la grille et je l'ai enlevée. Comment t'as appris que cette entrée-là existait ?

— J'ai fait des recherches, dit Serge plein de fierté. Aloysus, qui a dessiné les plans, était un disciple de Frank Lloyd Wright, un grand architecte. Comme Wright, Aloysus a intégré des éléments organiques dans l'édifice et il a respecté le terrain où il serait construit. J'ai cherché autour et j'ai fini par découvrir l'ancienne rivière.

Le père s'approche de son fils. Il se penche au-dessus de la boîte du gâteau, en retire le double fond.

— Mon fils est seul, dit-il en haussant la voix. Il n'y a personne d'autre. Mais laissez-moi le temps de lui parler.

Serge darde sur son père des yeux où se lit la déception.

— Qui est ici, Serge ? demande l'homme. Jean-Jacques, Philomène, Geneviève… Qui d'autre ? Véronique et Éric, probablement.

Il sort le microphone.

— Maintenant, ils savent qu'il n'y a personne d'autre.

— Je les ai emmenés ici, dit le garçon la mine atterrée, pour être moins seul. Je ne suis pas fou.

— On m'a dit que cet édifice était dangereux, qu'il fallait te sortir de là au plus vite.

— Des menteries ! Aloysus construisait selon les trois lois de l'architecture : beauté, utilité… et solidité !

Sa voix est pleine d'une froide colère.

— Je sais, je me suis trompé. Enfin… on m'a trompé. Mais ce que tu fais est illégal.

— Et eux ?

— Viens, on s'en va, Serge.

Le garçon ne bouge pas.

— Qui accepterait qu'on efface un Rembrandt pour peindre autre chose sur la toile ? Ou qu'on fasse fondre un Rodin parce qu'on a besoin du bronze ?

— Qu'est-ce que tu dis, Serge ? Bon sang, de quoi tu parles ?

— Pourquoi détruire le collège s'il est en bon état ?

Le père hausse les épaules.

— Le terrain ! Ils veulent raser l'édifice et construire des « condos de luxe avec vue imprenable ». Ils vont faire une fortune, je les ai entendus. Le maire était ici avec plusieurs personnes et ils en parlaient.

— Pourquoi tu ne nous en as rien dit ?

— Maman et toi, vous avez répondu que ce n'étaient pas nos affaires.

François s'en souvient. C'était une de ces fins de journée où, harassé, il avait décidé que ses propres problèmes l'emportaient sur ceux d'un garçon de seize ans qui parle de sauver le patrimoine national. Mais qu'auraient-ils pu faire ? Malgré la révolte qui l'anime, malgré son désir de voir sauver ce bel édifice, François ne voit pas comment il aurait pu venir en aide à son fils.

Pas plus que maintenant.

— Serge, ils savent qu'il n'y a que nous deux ici. Ce sera très facile de nous déloger.

— Pars si tu veux ! s'écrie le garçon. Je connais une cachette où Attila et ses barbares ne me trouveront pas !

Le garçon s'enfuit dans l'escalier. Renonçant à le poursuivre, François marche jusqu'à une fenêtre et voit briller les phares de voitures qui montent vers le château. Grâce à lui, ses occupants savent comment entrer. Jamais, depuis la maladie de Serge, François ne s'est senti le cœur aussi lourd.

Quand Bernadette fait irruption dans la salle en compagnie du maire, de l'ingénieur et du contremaître, elle trouve son mari assis sur la dernière marche de l'escalier.

— Il finira par comprendre, dit-elle en s'assoyant à ses côtés.

— C'est beau ici, répond François. Tu devrais voir le kaléidoscope sur les murs et le plancher quand le soleil traverse les vitraux.

Silence.

— Est-ce qu'on a fait ça, Bernadette ? Est-ce qu'on l'a laissé tomber ?

— ...

— T'as entendu qui sont ses compagnons ?

Bernadette fait oui de la tête alors que son mari fixe un point, quelque part entre les murs et le plafond.

— Quelqu'un a écrit : « quand on a la chance de vivre dans un monde imaginaire, les peines de notre monde disparaissent. » Tant que l'histoire continue, la réalité n'existe plus.

François tourne un regard triste vers sa femme.

— Ici, Jean-Jacques, Véro, Éric, Philo et Geneviève vivaient.

— Ses amis imaginaires ? présume le maire en s'approchant d'eux.

— Pas tout à fait, réplique Bernadette. Des enfants de son aile.

— Son aile ? demande l'ingénieur.

— Notre fils, dit François, a souffert d'un cancer du sang. Chimio, radio, six mois d'enfer, puis une première rémission. Mais le cancer est revenu. Une greffe de la moelle osseuse l'a sauvé. Durant son long séjour à l'hôpital, quand il prenait du mieux, Serge racontait des histoires aux autres enfants malades. Il leur lisait aussi celles qu'il écrivait. Il jouait avec eux. Il a endormi la petite Véronique je ne sais combien de fois en la tenant contre lui. Il disait qu'il les défendrait contre la mort, qu'il l'empêcherait de les prendre. Serge avait un moral forminable. Son énergie et son incroyable envie de vivre étaient contagieuses. Il a promis à tout le monde qu'ils allaient guérir.

— Il y croyait, poursuit Bernadette. Même après son congé, il y retournait. Les infirmières disaient que les petits malades devenaient mieux rien qu'en le voyant ! Il voulait sauver tous les enfants.

— Mais à part Serge, ajoute François, aucun n'a survécu. Philomène, la dernière, est décédée il y a un peu plus d'un an. À chaque mort qu'on lui a annoncée, c'est comme si Serge mourait lui aussi.

— Il les a emmenés ici, dit Bernadette, pour tenir sa promesse.

Tout le monde garde le silence. L'ingénieur s'approche du couple.

— Il faudrait quand même évacuer les lieux, dit-il.

François prend la main de sa femme.

— Monsieur a raison, chérie, dit-il. J'ai vu les fondations, ce collège va s'écrouler…

Puis, il ajoute :

— … à condition qu'on l'aide avec quelques tonnes de dynamite !

— D'une manière ou d'une autre, tranche le maire, il faut que votre fils s'en aille. Les contrats sont signés, l'édifice a été cédé, les plans ont été dessinés…

— … les condos sont loués, l'argent va rentrer ! coupe François. Cherchez-le si vous voulez, mais ne comptez plus sur notre aide.

Un nouveau silence de plomb s'abat sur le groupe, rompu par l'arrivée du chef de la police.

— Désolé, dit-il. Une urgence à régler…

— Nous allons fouiller le collège, dit l'ingénieur. Trouver un seul enfant ne devrait pas prendre trop de temps.

— Commençons par le sous-sol, dit le chef de police. J'y ai vu de nombreux recoins où on peut se cacher.

Les quatre hommes parcourent les premiers étages, mais reviennent chaque fois au pied du grand escalier : pas moyen de mettre la main sur Serge. Bernadette et François suivent le groupe sans participer aux recherches. De temps à autre, le chef de police scrute l'extérieur, comme s'il attendait du renfort.

— Je crois savoir où il se cache, déclare-t-il tout à coup. Ça vient de me revenir. Au cinquième étage, se trouve un endroit appelé le « purgatoire ». Un réduit qui servait de salle de punition. Certains soirs, les gars se mettaient au défi d'aller y passer la nuit. Ils faisaient du grabuge jusqu'à ce que le surveillant en enferme un. Au cours de mes cinq années ici, j'y ai passé quelques nuits. Si votre fils a découvert le purgatoire, c'est là qu'il se trouve.

En quelques minutes, ils arrivent tous au dortoir. Le chef de la police les mène vers le lit du surveillant et le père de Serge frappe doucement à la porte.

Silence. François regarde Bernadette et lui demande s'il devrait enfoncer la porte.

Mais une voix se fait entendre.

— Ce n'est pas barré.

— Peu importe, dit Bernadette, on aimerait que ce soit toi qui nous ouvres.

Le nez collé à la fenêtre, le chef de police sourit en apercevant sur la route un cortège de voitures avançant vers le collège. Il en compte huit.

— Est-ce que quelqu'un a commandé du poulet ? demande-t-il.

Le maire, le contremaître et l'ingénieur se précipitent à leur tour vers la fenêtre.

— Qui sont ces gens ? demande le maire.

— Pas mes ouvriers, dit le contremaître. Ils ne reviennent pas avant demain.

Les voitures se garent le long du chemin et ceux qui en sortent portent caméras, magnétophones, micros.

— Les médias ! crache entre ses dents l'ingénieur.

— Qu'est-ce qu'ils font ici ? demande le maire d'une voix blanche.

Le père de Serge éclate de rire.

— T'as entendu, Serge ? Les journalistes sont là ! Finie, l'opération secrète. La magouille du maire et de ses amis va être découverte.

Bernadette s'approche d'une fenêtre.

— D'autres voitures arrivent, s'écrie-t-elle en sautant et en battant des mains.

La porte du cagibi s'ouvre lentement et Serge apparaît.

— C'est toi qui as eu cette idée-là ? demande-t-il.

— Moi ? demande le père.

— Qui d'autre ? intervient le chef de la police. Comment avez-vous fait pour les faire se déplacer si vite ?

— Moi…

— En passant, ajoute le policier en lui adressant un clin d'œil, je n'étais pas sérieux quand je vous ai menacé de prison parce que vous refusiez d'écrire un mot sur le gâteau.

— Ah… ? bredouille François.

— Viens Serge, dit le policier. Il faut descendre.

Le garçon fait quelques pas, puis revient vers son refuge.

Vêtus d'une jaquette bleue à mince col blanc, Jean-Jacques, Véronique et Éric le regardent s'éloigner. Geneviève et Philomène lèvent timidement leur tête chauve en serrant contre leur poitrine les perruques blondes et rousses que Serge leur avait prêtées pour se déguiser en espionnes. Un timide sourire se dessine sur les lèvres des enfants.

Il ferme la porte et marche vers la sortie du dortoir, suivi du policier et de François.

— Merci, murmure le père de Serge.

— De quoi ? demande le chef de la police.

— Vous savez bien, insiste l'autre. Aux yeux de mon fils, je suis un héros. Grâce à vous.

— Je n'ai fait que sauver ma tête, sourit le policier. Si le maire venait à apprendre que c'est moi qui...

— Il ne sera plus maire bien longtemps.

— Ça reste à voir.

Dans les journaux du lendemain, on lira que le maire, non disponible pour commenter, avait investi une grosse somme dans la construction de condominiums luxueux en association avec un groupe de financiers allemands. Éventé, le projet a été suspendu. La députée de la région a serré la main de Serge, le félicitant de son initiative. Elle l'a assuré que son gouvernement trouverait une vocation à ce fleuron de l'architecture nationale et que son gouvernement le ferait classer « bien culturel ».

— Un détail me chicote, dit à Serge le chef de police. Comment as-tu fait pour faire tomber en même temps des dizaines de chaises à partir de quatre fenêtres ?

— Comme des dominos, répond Serge. Une classe pleine de pupitres, des chaises installées dessus en forme de jeu de quilles et une quinzaine placées en équilibre au bord des fenêtres. En poussant sur la première chaise, elle bascule en bas de son pupitre, fait tomber celles qui sont situées en avant qui font tomber les suivantes qui poussent sur les suivantes et ainsi de suite jusqu'à ce que tout s'effondre dans un vacarme d'enfer !

Deux ans plus tard, Serge sera l'invité d'honneur à l'inauguration d'un centre pour retraités : l'ancien collège Saint-Walter, rénové dans le respect des plans originaux de l'architecte Aloysus.

On a même gardé le cagibi pour y ranger les jeux.

Mais le bruit court que certains pensionnaires s'y réfugieraient quand ils veulent faire un poker et miser de gros billets. Serge est allé vérifier. Il n'y avait là pas l'ombre d'un joueur de cartes. Pas plus que d'enfants en jaquette bleue.

Mais cela ne signifiait pas qu'il n'y en avait jamais.

En passant devant la bibliothèque, transformée en salle commune, le garçon entendit une voix murmurer doucement merci. Se retournant, il aperçut deux vieux messieurs et une dame qui lui souriaient avec bienveillance.

Tenu en partie responsable de la création de cette maison de retraite, c'est à Serge que revint l'honneur de lui trouver un nom. Il n'eut pas à réfléchir longtemps. Le centre s'appellera *La Maison de Léon* en hommage à celui qui, le premier, réussit à tenir tête à Attila.

comme si personne
ne te regardait

La danse n'est que l'action de l'ensemble du corps humain transposé dans un monde, dans une sorte d'espace-temps, qui n'est plus tout à fait le même que la vie pratique.

Paul Valéry

Cinq heures du soir. Alekseï interrompt son travail.

Il ouvre la musette accrochée au chariot dans lequel il traîne balais et serpillières et sort une paire de jumelles. Il boite jusqu'à la fenêtre et s'assoit par terre en poussant un gémissement. Des images, furtives : trois hommes, des poings, des pieds. Une automobile.

Sa vie détruite.

Les coudes appuyés sur les genoux, il fixe l'appartement de l'autre côté de la ruelle. Bientôt, une femme entrera dans la pièce, et lui, Alekseï, sera là pour l'*accueillir*. Comme chaque fin d'après-midi. Comme avant.

Moins d'une minute plus tard, elle apparaît avec, dans les bras, un enfant blond comme un ange. Longue, mince, d'une beauté discrète, la femme semble s'avancer vers lui. Alekseï sourit.

— Bonsoir Nina, dit-il à haute voix.

Il la regarde aller et venir, avide de chacun de ses gestes. Elle installe l'enfant dans sa chaise haute, offre un biscuit à la bouche gourmande, sourit à ses mains tendues.

Alekseï admire les hautes pommettes de Nina, son front large, ses yeux bleus presque trop grands. Son regard coule jusqu'à son cou, long et gracieux. La tige de quelque fleur magnifique.

Ta place est dans un jardin, Nina.

La femme sourit à son enfant. Un sourire sur lequel flotte une ombre de tristesse. Pendant que son bébé lèche et grignote son biscuit, Nina entreprend de préparer le souper de son mari.

Celui-ci entre toujours à six heures et demie précises pour trouver une assiette de borchtch ou de chou farci posée avec sa tasse de vodka sur la table. Une demi-heure plus tard, le repas englouti, Oleg, son mari, reprend son taxi pour arpenter les rues de Moscou. Il ne rentre jamais avant onze heures. Quand les affaires sont bonnes, il lui arrive même d'accepter des clients jusqu'à minuit passé. Et comme les affaires sont souvent bonnes, Nina s'endort souvent seule.

Une fois, elle lui en a fait la remarque.

— C'est mon travail. Tu le savais en m'épousant...

C'était vrai, elle le savait.

La jeune femme sort des légumes du réfrigérateur, s'assoit à table, saisit une pomme de terre et l'épluche, l'air absent.

La voix d'Oleg.

— Je ne t'ai jamais rien caché. Jamais. Tu savais tout ça en m'épousant…

Vrai, elle a choisi sa vie, son destin. Lui.

Nina prend un poireau et, d'un coup de couteau, le fend sur la longueur. Puis, avec un chiffon humide, elle retire la terre comme un mauvais souvenir, et coupe le légume en rondelles. Elle fait de même avec les autres.

— Les vêtements à acheter, rappelle la voix d'Oleg. Trois bouches à nourrir. Et le loyer, l'électricité, le téléphone à payer…

« Le téléphone… » se dit Nina en songeant à l'appareil accroché au mur du couloir.

Installé après une attente de presque un an, le téléphone est à l'usage des trois familles vivant sur l'étage. Cependant Nina n'a pas encore pu l'utiliser. Chaque fois qu'elle essaie d'appeler sa sœur qui vit dans l'Est, l'appareil n'est jamais libre. Accrochée au combiné comme une naufragée à sa bouée, Irena Viazovka, la veuve de l'appartement 102, l'utilise comme s'il était sa propriété exclusive. Elle a même installé une chaise dans le couloir. En outre, elle parle si fort que Nina pourrait répéter mot pour mot tout ce que sa voisine hurle dans l'émetteur. Comme en ce moment où, malgré la radio qui joue dans la cuisine, Nina entend clairement le babillage d'Irena.

— Et Dimitri pense comme moi !… Non mais, tu imagines ? Quelle idée de forcer un homme malade, à sortir le soir… Madame s'ennuie !… Exactement !… On peut très bien se désennuyer en demeurant à la maison surtout si on a la santé de son mari à cœur… Mais cette moins que rien a le cœur sec comme le Gobi…

Excédée, la jeune femme monte le son de la radio.

La musique, une valse, couvre aussitôt la voix d'Irena Viazovka.

Les Sylphides…

Voilà des siècles qu'elle n'a pas entendu cette musique. Elle constate que l'œuvre de Chopin l'anime encore, l'élève, la transporte ailleurs. Déjà elle en oublie la Viazovka, son Dimitri et le « crime » de l'épouse dépressive. Si elle se laissait aller à quelques pas, juste pour voir…

Nina ferme les paupières, balance la tête et le corps au son des notes qu'égrène le pianiste. Osera-t-elle le faire ? Osera-t-elle danser ?

En la voyant ainsi dodeliner de la tête, Alekseï sent un serrement dans la poitrine. Nina invite la musique à l'envelopper, puis à entrer en elle, à faire d'elle son instrument. Ce cérémonial annonce ce qu'Alekseï espère depuis le jour où, pour la première fois, il l'a aperçue dans sa cuisine : Nina va enfin danser.

Avec une grâce singulière, la jeune femme relève les bras et les tient dans une immobilité parfaite. Suivent quelques pas, à peine trois ou quatre. Elle pivote, relève une jambe, se penche et, posant le bout des doigts en appui sur le bord de l'évier, elle effectue une élégante arabesque, le pied pointé, volontaire. Elle se redresse et pivote plusieurs fois avant de s'élancer en un brisé énergique et de retomber dans sa position initiale, à quelques pas seulement du mur.

Elle est lumineuse.

Les yeux clos, Nina continue à danser. Longtemps.

Dans sa chaise haute, l'enfant regarde sa mère, agitant son corps avec enthousiasme. De sa main libre, il manifeste son approbation en tapant sur la tablette. À la vue de ces petites jambes qui frappent le repose-pied avec force et entrain, Alekseï ne peut s'empêcher de sourire.

— Toi, tu as des jambes de danseur…

Comme en réponse à Alekseï, l'enfant imprime à son corps un va-et-vient frénétique qui fait s'esclaffer sa jeune maman.

Pivotant sur le bout des pieds, elle contemple alors cette cuisine qu'elle connaît par cœur. Chrome et plastique des chaises, plancher de linoléum usé, plafond et murs à la peinture fatiguée.

Elle baisse les yeux et danse en redoublant d'ardeur.

Un passage particulier de l'œuvre de Chopin ramène soudain le souvenir d'une ancienne chorégraphie qu'elle exécute comme si ses membres avaient une mémoire propre.

Alekseï la reconnaît aussitôt. Sa chorégraphie.

— *Les Sylphides,* murmure-t-il. Tu n'as pas oublié, Nina.

Un autre monde apparaît. Un monde de robes aux étoffes chatoyantes, de salles éclairées par des lustres dorés, de voix feutrées et de rires discrets, un monde d'élégance et de raffinement. Le monde de...

La Cité.

Elle cesse de danser.

— Je n'aurais pas dû, se dit-elle en secouant la tête. Je n'aurais pas dû.

De l'autre côté de la ruelle, assis dans le noir de cette fin d'après-midi, Alekseï retire les jumelles. A-t-il bien vu ? Juste avant que Nina cesse de danser, il lui a semblé qu'elle devenait translucide, diaphane comme une eau.

Il reporte les jumelles à ses yeux.

Nina, assise, a repris son couteau à éplucher. Elle pousse un long soupir en regardant ses mains endolories et crevassées qui, quelques minutes plus tôt, étaient légères et gracieuses comme des papillons.

— Jamais de bijou, remarque Alekseï. Mais tu danses encore merveilleusement. Rien n'a changé, Nina...

La jeune femme pose une casserole remplie d'eau sur le feu puis elle sort une pomme de chou de l'armoire, jette les premières feuilles et découpe le gros légume en fines lanières.

— Plus fines sont les lanières, meilleur est le borchtch, lui recommandait sa grand-mère.

Sa babouchka lui a appris comment faire le borchtch. Elle lui a aussi donné ses premières leçons de danse.

— Il faut doser, Ninotchka. En cuisine comme en danse, l'harmonie est affaire d'équilibre.

Après avoir ajouté les derniers ingrédients, elle met la soupe à mijoter sur le feu et prépare un bol de céréales qu'elle sert à son bébé.

Nina... Si seulement, elle avait accepté de rester... S'il avait su la convaincre... Si lui-même avait pu prévoir ce qui l'attendait, peut-être serait-il parti avec elle...

Mais comment deviner la tournure que prendraient les événements ? Alekseï pouvait-il imaginer, au moment où Nina le quitta, qu'il la retrouverait deux années plus tard dans la cuisine d'un appartement misérable ? Ou que lui-même aboutirait dans une école de danse de second ordre ?

Et s'il avait pu prévoir sa venue dans cette école, Alekseï de Liamchin, ancienne étoile des Ballets russes, aurait-il pu croire qu'il y serait autre chose que maître de danse ? Aurait-il pensé qu'en ces lieux, tout ce qu'il ferait briller serait les miroirs, les fenêtres et les poignées de porte ?

— Le créateur de chorégraphies délirantes, figure de proue de la danse moderne Alekseï de Liamchin, devenu homme d'entretien et gardien de nuit de la vieille école de danse Ludmilla-Pavlova de Moscou ! Qui l'eût cru ?

Comment cela s'était-il passé ?

Comment Alekseï avait-il pu passer de l'artiste porté aux nues à cet être diminué qui lavait les planchers d'une école ? À la création de sa chorégraphie sur *Le Fils prodigue* de Prokofiev, le journal La Pravda l'avait surnommé le sculpteur de corps.

Ce que d'autres façonnent au burin ou au ciseau, pouvait-on lire, *Alekseï de Liamchin l'accomplit avec le mouvement. Il sait mieux que nul autre faire du geste et de l'expression les messagers du cœur et de l'âme, en véritable sculpteur de corps.*

Un mois après la parution de cet article élogieux, le grand danseur et chorégraphe disparaissait, et nul ne sut jamais ce qu'il advint de lui.

Sauf Nina qui, plus tard, ne put que jurer d'en garder le secret.

Comme tous ceux qui entrent dans la Cité.

Faut-il qu'il ait à ce point changé pour que pas un seul étudiant ou maître de l'école Ludmilla-Pavlova ne reconnaisse en cet homme barbu et décharné celui qu'on appelait le nouveau Nijinsky ? À moins qu'ils aient choisi de ne pas le reconnaître.

Par égard. Ou par peur.

— Ainsi soit-il, pense Alekseï. Que le soi-disant génial camarade de Liamchin repose en paix. Qu'il ne reste qu'Alekseï Koulakov, spectre sans ombre, soutenu par des souvenirs de gloire et l'étincelle d'un amour perdu.

Dans sa paire de jumelles, Alekseï aperçoit Oleg, le mari de Nina, qui entre du travail. Le chauffeur de taxi accroche sa casquette, embrasse sa femme sur le front, pose sa veste sur le dossier d'une chaise, s'assoit et entame le bol de borchtch. Dès la première bouchée, il fait un signe de tête affirmatif que Nina interprète comme un compliment sur sa cuisine.

Alekseï a déjà remarqué que, durant tout le temps qu'il passe chez lui, Oleg ne fait jamais un geste, ne pose pas le moindre regard sur son bébé.

Celui-ci n'existe pas.

Oleg.

Quand elle l'a connu, Nina venait à peine de quitter la Cité.

Slava, la copine chez qui elle logeait temporairement, lui a présenté ce grand gaillard comme un ami de son frère. Apprenant qu'elle se cherchait un endroit où demeurer, cet homme à l'allure bourrue lui a offert de l'emmener dans son taxi visiter des appartements. C'est ainsi que, parcourant les rues de la capitale, elle a fait la connaissance de nombreux quartiers. Et d'Oleg. Tacitement, tous deux acceptèrent de passer du temps ensemble, se confiant peu à peu ce que l'un et l'autre attendaient de la vie.

Nina le trouvait brave garçon. Peu bavard et peu cultivé, il avait par contre le mérite d'être sérieux et propre. Après quelques semaines de fréquentation, Oleg lui a demandé de l'épouser. Elle a accepté. Sept mois plus tard, l'enfant est né.

Son poids et sa taille ont bien sûr soulevé des questions chez Oleg qui le trouvait plutôt costaud pour un enfant né prématurément. Mais selon le médecin, les femmes du bord de la mer – la famille de Nina était de Sébastopol – mettaient souvent au monde des enfants bien portants malgré des semaines ou même des mois de grossesse en moins.

Oleg accepta l'explication.

Mais il ne fut jamais le père aimant que Nina imagina au moment de lui annoncer qu'elle était enceinte. Il avait alors rayonné d'un tel bonheur que la jeune femme en avait été sidérée. Loin de l'homme réservé qu'elle pensait avoir épousé, Oleg lui était apparu ce jour-là si exubérant, si démonstratif qu'elle y avait vu un présage de bonheur. Il l'avait prise dans ses bras puissants, l'avait fait tournoyer et il s'était laissé tomber sur le lit en riant aux éclats.

— Enfin ! Je serai père !

Debout, le dos appuyé au comptoir, Nina regarde Oleg avaler son souper en quinze minutes, vider sa tasse de vodka, et se rendre au salon feuilleter le journal du soir en attendant l'heure de repartir.

Après avoir rangé la cuisine, la jeune femme s'est postée dans le couloir avec la veste et la casquette de son mari dans une main, et dans l'autre bras, leur enfant.

Elle attend.

Quand approchent sept heures, Oleg plie son journal, marche jusqu'à la porte, enfile promptement sa veste, se visse la casquette sur la tête et, après avoir embrassé sa femme sur la joue, sort de l'appartement sans un regard pour l'enfant.

Dans le couloir, la Viazovka, caquetant sans répit, se retourne et, d'une voix aimable, salue

Oleg. Nina referme la porte, pose l'enfant par terre et met de l'eau à chauffer.

Alekseï la voit se servir une louche de borchtch.

— Ne mange-t-elle jamais autre chose que du borchtch ou du chou farci ?

Les longs bras maigres de Nina et son visage émacié lui répondent que non.

— Regrette-t-elle parfois les somptueux festins de la Cité ?

Alekseï range ses jumelles et termine son travail.

À dix heures, il a envie de prendre l'air. En sortant de l'école, il verrouille la porte et descend l'avenue Poslednij puis tourne à droite, remonte Bolsoj et passe devant l'édifice où habite Nina. Sans réfléchir, il entre et longe le couloir menant à l'appartement de la jeune femme. Après quelques pas, il est soudain frappé par l'absurdité de ce qu'il va faire. Il s'apprête à rebrousser chemin quand il remarque le téléphone. RÉSERVÉ AUX LOCATAIRES. Il sort de sa poche un crayon et du papier, note le numéro au centre du cadran et se promet d'appeler Nina le lendemain soir après le départ d'Oleg.

Mais le lendemain soir, ignorant que la Viazovka utilise le téléphone avec autant d'assiduité qu'un pope son confessionnal, il ne peut obtenir la communication qu'après plus de vingt essais. Aussitôt, une voix aux inflexions traînantes répond.

— Oui ? Qui demande-t-on ?

Malédiction ! Il ne connaît pas le nom de femme mariée de Nina ! Pourquoi n'a-t-il pas vérifié sur la boîte aux lettres de l'entrée ? Il hésite, songe à raccrocher, mais l'impatience grandissante que lui ont causée ses nombreuses tentatives d'appel l'emporte.

— Pourrais-je parler à Nina qui habite l'appartement 101, s'il vous plaît ?

La personne, au bout du fil, laisse passer un long silence avant de grommeler : « Ne quittez pas. ». Le cœur battant, Alekseï entend qu'on frappe à une porte. L'instant suivant, il entend un tout petit « Oui ? » Que lui dire sans courir le risque qu'elle se trouble et raccroche ?

— Nina ?

— Qui est à l'appareil ?

— Moi.

— …

Il dit alors la première chose qui lui passe par l'esprit.

— Je t'ai vue danser… *Les Sylphides*… hier soir.

Derrière Nina, la Viazovka est bien décidée à ne pas perdre un seul mot de l'échange ou à tout le moins, de sa partie audible. Aussi réintègre-t-elle son appartement en maintenant la porte entrebâillée.

— Désolée, j'ignore qui vous êtes et je vais devoir raccrocher.

— Attends, Nina ! Tu sais qui je suis... Écoute ma voix...

— Non... je ne sais pas...

— Nina... *Les Sylphides*... *Les Noces*... *La Chatte*... Je suis revenu.

Nina n'ose pas, ne veut pas reconnaître ce timbre si doux, cette voix qui lui prodiguait conseils et encouragements. Qui savait la toucher au plus profond d'elle-même. Elle ne veut pas la reconnaître et en même temps, elle le souhaite de toute son âme.

— Écoute ma voix...

Nina rompt le silence avec le premier souvenir qui remonte en elle.

— *Tu dois danser...*

— *...comme si personne ne te regardait.*

— ...

— ...

— Aliocha ?

— Oui, Nina.

— C'est impossible.

— C'est moi, pourtant.

— Où es-tu ?

— Tout près.

— Tu es revenu... de là-bas ?

— Il le fallait.

Nina pose une main sur l'émetteur et voit la porte de la Viazovka se refermer sans bruit.

Quand elle est certaine que l'autre ne l'écoute plus, elle reprend la conversation.

— Et que veux-tu Aliocha ? demande-t-elle avec un soupçon de dureté dans la voix.

— Ton bonheur.

— Tu es en retard de deux ans.

— J'ai été stupide. Mais mon... accident m'a fait réfléchir.

— Ton accident ?

— J'ai abandonné, Nina. Je ne danse plus.

— ...

— Et bien entendu, je n'ai pas pu rester à la Cité.

— Bien entendu.

La jeune femme cherche le sens exact de cette nouvelle. Alekseï a quitté la Cité à cause d'un accident, il ne danse plus et... « Il ne l'a pas quittée pour toi. Il ne l'a pas quittée pour toi. Il ne l'a pas... Il a quitté la Cité à cause de l'accident... »

— Et que fais-tu maintenant ?

— Je suis là. Je parle avec toi.

— Et... pour gagner ta vie ?

— Je travaille dans une école de danse.

— Je la connais ?

— Un nouveau projet.

— Et comment m'as-tu retrouvée ? Comment sais-tu pour... *Les Sylphides* ?

— Je t'ai vue dans ta cuisine. J'étais de l'autre côté de la ruelle. Chez un ami.

— Des gens vivent dans ce taudis ?

— Visiblement.

— Aliocha ?

— Oui.

— Ne reviens plus. Ne m'appelle plus.

— Hors de question.

— Tu as vu que j'étais mariée ?

— C'est quand même hors de question.

— Alors ?

— Danse pour moi.

— Pardon ?

— Chaque soir, après que ton mari sera parti, je serai là, de l'autre côté, dans l'ombre et je te regarderai. Danse pour moi. C'est tout ce que je demande.

— C'est absurde, Alekseï. Je ne sais plus danser.

— Tu sais que c'est faux.

— Et puis… pourquoi le ferais-je ?

— Pour toi. Et pour moi.

— Que veux-tu, Aliocha ?

— Je te l'ai dit : ton bonheur. Et ton bonheur, c'est la danse.

— Plus maintenant.

— Elle fera toujours partie de toi. Comme ton fils. Tu l'as porté, l'as mis au monde, mais il fait encore, il fera toujours, partie de toi.

En entendant Alekseï évoquer son enfant, Nina ressent un vertige. Elle se laisse tomber sur la chaise d'Irena Viazovka et retient son souffle.

— Je te regarderai. Chaque soir.

— Aliocha, je…

Il raccroche.

Elle aussi.

Immédiatement après, elle entend grincer les charnières de la porte de l'appartement 102.

— Tant pis si elle a tout entendu ! se dit Nina. Je n'ai rien dit de compromettant…

« Elle a vu tes yeux quand tu lui parlais. Ton souffle haletant quand, la main portée à ta poitrine, tu as dit Aliocha. Pas Alekseï, Aliocha. Elle t'a vue t'effondrer, les jambes dérobées par l'émotion en l'entendant parler de l'enfant. »

Les pleurs de son fils qui la réclame ramènent Nina à la réalité. D'un pas vif, elle marche jusque chez elle et referme la porte de l'appartement en criant, plus fort que nécessaire : « Maman est là. »

Une maman qui est depuis remplie d'une inexplicable énergie, qui chante et sourit sans tristesse à son enfant. Une maman qui choisit avec plus d'attention ses vêtements et sa coiffure. Une maman pour qui la vie, peu à peu, redevient belle.

Un soir, alors qu'elle finit de mettre le pyjama à son bébé, le téléphone sonne. S'emparant de l'enfant à moitié vêtu, elle se précipite vers la porte. Dans le couloir, elle aperçoit la locataire du 102.

— Allô oui ?... Ah ! C'est toi, Maria !

D'un geste impatient, Irena Viazovka signifie à Nina que l'appel est pour elle. Ne voulant pas laisser paraître sa déception, la jeune femme enfouit son visage dans le cou de l'enfant et se réfugie chez elle. Elle monte le son de la radio pour ne plus entendre le babillage de sa voisine et s'assoit avec son fils dans la chaise berçante, sous la fenêtre.

La radio diffuse *L'Après-midi d'un faune* de Debussy.

— Tu entends cette musique ? Elle raconte une très belle histoire, celle d'un faune. Tu sais ce qu'est un faune ? C'est une petite créature de la forêt. On dirait un enfant, mais avec des pieds de chèvre, des oreilles pointues et des moignons de cornes sur le dessus de la tête. Ça te fait rire ? Tu as bien raison, va. Ce faune est donc étendu sur un rocher dans une clairière quand il entend un bruit. Il relève la tête et aperçoit sept magnifiques nymphes qui jaillissent du sous-bois. Évidemment, tout à sa naïveté, le faune se précipite vers elles. Or, malgré leur beauté, les nymphes n'aiment pas être vues. En entendant le faune accourir, les créatures se sont enfuies. Toutes, sauf une.

À ces mots, Nina se lève et jette un coup d'œil à la fenêtre.

— Es-tu là, Aliocha ? Es-tu vraiment là ? Alors regarde de tous tes yeux.

Elle augmente le son de la radio, installe son fils dans sa chaise d'enfant et poursuit son histoire en dansant.

La tête et les jambes de profil alors que son buste et ses bras restent de face, Nina se souvient combien elle a peiné la première fois qu'elle a dansé cette chorégraphie créée pour elle par Alekseï.

— Plus aventurière que ses sœurs, cette nymphe-là décide de rester quelque temps avec le faune, à rire avec lui, à danser avec lui, à s'amuser avec lui.

Elle se déplace de long en large dans sa cuisine, posant le talon par terre en premier après chaque longue enjambée, tel un animal.

— Mais le temps passe, dit Nina en arborant une mine triste. La nymphe décide qu'il est l'heure de rentrer. Le jeu a assez duré. Elle veut partir, mais le faune la retient, d'abord par des pitreries, puis par des gestes et des paroles d'amour. Enfin, après avoir invoqué la peine qu'elle lui fait, il cherche à la retenir par la force.

Mimant le combat entre le faune et elle, Nina, sans doute inspirée par la présence d'un possible spectateur, improvise une chorégraphie totalement nouvelle. Jetés et chassés se multiplient, ce qui fait rire son fils.

— Mais la nymphe a du caractère. Elle fait comprendre au faune que son monde n'est pas le sien, que sa décision est prise et qu'elle est… *sans appel*. Tu comprends, bébé, ce que veut dire sans appel ? Ça veut dire qu'il n'y aura pas à revenir là-dessus. Mais au moment où elle s'enfuit, le faune tend le bras et saisit le long foulard soyeux de la nymphe. Celle-ci lui abandonne son morceau de vêtement et disparaît dans la forêt. Le faune se met alors à danser et à jouer avec le foulard comme si ce bout de soie était la nymphe. Puis il s'étend dessus, l'embrasse tendrement et s'endort.

Nina regarde son enfant un long moment.

— D'ailleurs, décrète-t-elle, c'est l'heure pour toi d'aller le rejoindre. Au dodo, mon merveilleux faune.

La jeune femme a mis son enfant au lit depuis une heure quand elle entend à nouveau la sonnerie du téléphone. Elle marche sans se presser vers la porte, ouvre et, glissant la tête dans le couloir, constate que sa voisine n'est pas là.

À la troisième sonnerie, elle décroche.

— Allô?

— Merci.

— Ça t'a plu ?

— Beaucoup.

— C'était un peu de toi.

— J'ai vu.

— Il n'y manquait rien ?

— L'espace.

— Désolée. Le Bolchoï n'était pas disponible.

— Où es-tu allée chercher l'enchaînement ?

— Tu as aimé ?

— Il demande un peu de polissage, mais certaines idées étaient intéressantes.

— J'ai dansé comme si personne ne me regardait.

— Tu danseras encore pour moi ?

— Oui.

— À demain alors.

Il raccroche.

— À demain, Aliocha.

Elle marche, telle une somnambule dans le plus beau des rêves, vers son appartement, vers la forêt du faune et des nymphes, sans remarquer que la porte du 102 est mal fermée.

Les jours passent et, sitôt son enfant couché, comme si elle célébrait quelque office religieux, Nina danse, adaptant d'anciennes chorégraphies à des mouvements de son invention sur les musiques qu'on passe à la radio, Stravinsky, Poulenc, Ravel. Et chaque jour, elle retrouve le plaisir de vivre. Et l'impression d'être à nouveau avec Alekseï.

Son bonheur, elle le sait, participe à la fois de la danse et du retour d'Alekseï dans sa vie puisque l'une comme l'autre, dans son esprit, sont à jamais liés.

Un soir, alors qu'elle effectue un magnifique dégagé, le téléphone retentit dans le couloir. Croyant qu'à cette heure l'appel ne peut être que pour sa revêche de voisine, elle continue de danser. Quelques secondes plus tard, elle entend frapper à sa porte.

— Vous devriez mettre votre radio moins fort, ma chère, de cette façon vous entendriez la sonnerie du téléphone. C'est pour vous. Un homme.

— C'est sans doute mon beau-frère, dit Nina.

— Votre beau-frère, oui.

— Je vais faire vite.

— Oh ! Mais prenez votre temps. Le téléphone est autant à vous qu'à moi. Vous voulez que je surveille le petit ?

— Merci, il dort déjà.

Après s'être assurée que celle-ci avait réintégré ses quartiers, Nina colle le combiné à son oreille et prend le ton le plus dégagé qui soit.

— Allô?

— Es-tu prête à raviver un songe ?

— Je crois.

— Traverse, je t'attends.

— Quoi ?

— Je t'ai dit que je voulais t'offrir le bonheur. Tu ne pensais pas que j'allais m'arrêter là ?

— Mais je ne peux pas traverser, murmure-t-elle. Il y a mon enfant. Et que dira ton ami ?

— Il n'y a pas d'ami. Je t'expliquerai.

— Je suis mariée, Alekseï. Et mon enfant…

— Emmène-le. Ou confie-le à une voisine.

— Tu ne m'écoutes pas…

— Traverse la ruelle et entre par la porte rouge. Je l'ai déverrouillée. Marche jusqu'au bout du couloir et tourne à gauche. Tu trouveras une grande salle pour danser et quelqu'un pour t'applaudir.

— Aliocha…

— Je t'attends. La porte rouge, n'oublie pas.

Il raccroche.

Nina se sent perdue. Encore une fois, la volonté d'Alekseï se fait plus forte que la sienne. Dès son « Traverse ! », elle a su qu'elle s'y rendrait. Elle imagine déjà la grande salle de danse lui permettant de se laisser aller aux cabrioles, aux sauts et à tous ces pas qu'elle rêve de faire à nouveau. Elle imagine le plancher de bois, l'odeur de la sueur.

Elle imagine Alekseï.

Nina sent monter une révolte contre elle-même, sa faiblesse, sa lâcheté. Durant ces deux années d'absence, le magnétisme du grand chorégraphe et l'attrait qu'il exerçait sur elle ne se sont pas estompés. Il n'a encore qu'à formuler un souhait, qu'à claquer des doigts, pour qu'elle accoure tel un chien réclamant sa caresse.

Mais Nina le revoit, avec sa démarche étudiée d'aristocrate, ce regard d'enfant passionné et gourmand, cette voix au timbre tiède et profond quand il lui lisait Pouchkine.

Usant toute ma force à raviver un songe,

Me complaisant, non sans chagrin ni craintes,

À évoquer ce qui fut notre amour.

À évoquer ce qui fut notre amour[1].

— Es-tu prête à raviver un songe ?

La réponse ne tarde pas. Elle ouvre la porte de son appartement et va frapper à celle de sa voisine. Prétextant une course rapide pour son mari, elle demande à la Viazovka si elle consentirait à prêter l'oreille afin de s'assurer que son enfant dort.

— Trop heureuse de vous rendre ce service, répond la veuve.

Si Nina avait vu l'onctueux sourire de sa voisine se flétrir dès qu'elle a eu le dos tourné, peut-être aurait-elle abandonné son projet sur-le-champ. Mais l'idée de ses retrouvailles avec la danse et avec Alekseï lui fait longer le couloir, ouvrir la porte donnant sur la rue et disparaître sans se retourner.

Après quelques instants d'attente sur le trottoir, elle entre à nouveau dans l'édifice, traverse

---

1. Extrait de *Adieu*, poème de Pouchkine.

le couloir et ressort dans la ruelle. Elle atteint la porte rouge en quelques enjambées mais, la main sur la poignée, elle s'arrête brusquement.

— Que vas-tu faire Nina Julianovna ? Ne sais-tu pas que quelque part, de l'autre côté de cette porte, se trouve un homme qui t'a laissée partir, qui t'a sacrifiée au luxe de la Cité ? Et maintenant qu'il revient, déchu, enfant prodigue, malade peut-être, tu te précipites au premier appel ? N'as-tu aucune fierté ? Tu lui sacrifierais ta vie sur l'heure s'il te le demandait, n'est-ce pas ?

Oui. Sur l'heure.

Parce qu'elle lui a menti sur les raisons de son départ de la Cité et que c'était une erreur. Elle a manqué de foi et de courage. Lui eût-elle tout dit, ils seraient ensemble à élever l'enfant. Son départ sans lui était une erreur, son mariage avec Oleg était une erreur, abandonner la danse était une erreur. La vérité éclate dans sa tête et l'étourdit.

Ce soir, elle va corriger cette erreur.

Elle a toujours été à lui. Et lui à elle. Depuis le jour où ils se sont connus. Ils n'ont pas seulement dansé ensemble, ils se sont marqués. Il a fait d'elle ce qu'elle est, elle lui a fait don de rêves plus beaux que ceux de ses nuits.

Elle pousse sur la porte rouge et suit les instructions d'Alekseï. Bientôt, elle se retrouve dans une immense salle pauvrement éclairée.

— Alekseï? appelle la jeune femme.

Elle n'ose pas dire « Aliocha ». Elle fait quelques pas et appelle à nouveau.

— Où sommes-nous ?

Une voix lui répond.

— Dans une école de danse où je fais le ménage.

— Le ménage ? Montre-toi.

— Laisse-moi le temps.

— De quoi ?

— De m'habituer.

— À quoi ?

— À toi. Devant moi.

Après quelques secondes de silence, une musique s'élève doucement dans la grande salle. Tout de suite, Nina reconnaît la pièce : *Petrouchka* de Stravinsky. Elle retire ses chaussures et, pieds nus, fait quelques pas. Le plancher est froid.

— Où es-tu, Alekseï?

— Là.

— Je n'ai pas beaucoup de temps.

— Mais tu as l'espace.

— Me vois-tu ?

— Parfaitement.

Nina avance en fermant les yeux et laisse son corps absorber la musique particulière de Stravinsky. Elle sait que ce soir, pour la première fois depuis très longtemps, elle dansera de tout son corps et de toute son âme. Elle occupera l'espace.

Mais cette première incursion se fait d'abord avec retenue et prudence, comme on mange après des semaines de jeûne. Elle se laisse guider par le rythme, attirer par lui pour enfin s'abandonner à la musique et à ce qui se trouve en elle. Alors pas chassés, grands jetés et sauts de chat se superposent à un rythme fulgurant telles les gerbes lumineuses d'un feu d'artifice de chair, de cheveux et de tissus.

Ému, Alekseï se garde dans un silence recueilli. Finis les conseils et les remontrances. Il savoure ce qu'il a la chance de voir, le plus beau spectacle qui puisse être : le corps de Nina en mouvement.

Pendant qu'elle danse, qu'elle se projette dans l'espace, Alekseï constate avec bonheur que Nina n'a rien perdu de sa forme ou de son agilité, qu'elle est plus éblouissante que lorsqu'il l'a vue pour la première fois, au moment de son audition à la glorieuse école Diaghilev.

Portée par la musique, elle danse comme si chaque pas se posait sur une note. Elle s'envole, légère, sublime, pour retomber sans bruit comme si elle n'avait plus de substance. Ses bras sont des ailes et ses jambes la propulsent si haut qu'on se demande si elle pourra se poser sans mal.

À un moment, Nina songe à la Cité et aperçoit la grande scène, les lumières, la fosse de l'orchestre. Elle chasse aussitôt cette idée et s'arrête.

— Pourquoi t'arrêtes-tu ? demande Alekseï. Une telle lumière émanait de toi tout à coup. C'était fabuleux.

— Tu as aimé ?

Comme jadis, elle cherche l'approbation du maître comme celle de l'amant. Pour toute réponse, elle entend deux mains frappant l'une sur l'autre.

La jeune femme remet ses chaussures.

— Je dois y aller.

— Oui.

— Mon enfant…

— Tu reviendras ?

— Oui. Quand ?

— Jeudi prochain, dix heures précises ?

— Une raison spéciale ?

— Tu verras.

— Te verrai-je, toi ?

— À bientôt, Nina.

— À bientôt, Aliocha.

Au moment de traverser la ruelle, si elle avait levé les yeux, sans doute aurait-elle aperçu la veuve, l'enfant dans les bras, observant Nina depuis sa cuisine.

Le mardi précédant le soir où Alekseï et Nina doivent se revoir, la veuve, toujours collée au téléphone, vitupère d'une voix plus forte que d'habitude.

Le son de la radio est au maximum.

Nina a dansé un peu, pour Alekseï.

Parade de Satie.

Mais le cœur n'y est pas. Penchée contre sa fenêtre, son souffle formant une buée par cette soirée froide et humide, elle se sent perdue, en déséquilibre. Elle se languit de tout et de lui. Combien un cœur qui aime est prompt à pardonner.

Pourquoi n'est-il pas venu la rejoindre quand elle a dansé l'autre soir ? Avait-il peur de lui montrer ce qu'il était devenu ? Mais serait-il devenu laid, gros ou chauve qu'elle ne l'en aimerait pas moins. Une femme puise son amour bien au-delà de ce que voient les yeux.

Il était lui et cela suffisait à Nina pour nourrir des siècles d'amour.

Elle fixe la fenêtre noire de l'autre côté de la ruelle.

— Est-il là en ce moment ? demande-t-elle à voix haute. Me voit-il ?

Son esprit s'emballe et plonge dans des souvenirs qu'elle a longtemps tenté de taire.

« Sait-il que je pense en ce moment à nos années de bonheur ? Moscou, Leningrad, Kiev… Puis la Cité où le temps était en arrêt.

111

Revit-il, comme moi, nos répétitions, nos spectacles et nos soupers de fin de soirée ? Goûte-t-il encore l'amertume de notre séparation ? Sait-il que sur le quai de la gare, soudée à lui, j'ai douté de ma décision ? Ce jour-là, a-t-il retenu ses larmes comme j'ai retenu les miennes ? A-t-il gardé le foulard de soie rose que je portais au cou et que je lui ai donné avant de monter dans le train ? »

— Où êtes-vous donc, ma chère ?

La question fait sursauter Nina. Derrière elle, Irena Viazovka darde des yeux inquisiteurs.

— Vous ne m'avez sans doute pas entendue frapper, dit-elle.

Pour qu'elle l'entende, il aurait fallu que la veuve ait bel et bien frappé. Or, elle a plutôt profité du piano emporté de Satie pour se glisser sans bruit dans l'appartement de sa voisine dans l'espoir de surprendre, qui sait ?, quelque secret inavouable : un geste à la fenêtre, une lettre qu'on dissimule, une photo qu'on retourne.

Hélas ! Rien.

— Que regardiez-vous, belle enfant ? demande la Viazovka, penchée à son tour à la fenêtre pour scruter les ténèbres de la ruelle.

— Rien.

— C'est très joli ce que vous écoutez, ça donne envie de danser, non ? Ça vous arrive de danser ?

— Rarement. Vous savez, avec le petit, je ne sors pas beaucoup.

— Oh ! Je comprends. Ils nous prennent tout notre temps, ces petits êtres. Votre mari m'a confié que vous avez été danseuse pour les Ballets russes.

— C'était il y a longtemps. Pardon, camarade Viazovka, mais j'ai du travail à terminer...

— Oh ! Bien sûr. J'étais venue vous demander d'enfiler cette aiguille pour moi. Je ne retrouve plus mes lunettes... Dites-moi, vous avez dû avoir bien des partenaires à une certaine époque, non ? Et puis, jolie comme vous l'êtes, quelques amoureux...

Où la chipie veut-elle en venir ? Aurait-elle surpris ou appris quelque chose ?

Nina a du mal à cacher son trouble.

— C'était autrefois, avant mon mariage. Je ne me souviens plus.

— C'était il y a deux années, insiste la veuve. Deux années... Tout de même...

— À mon âge : une éternité.

L'aiguille enfilée, la veuve repart en remerciant sa voisine.

Mais le soir, en entendant le pas d'Oleg, la Viazovka revêt en vitesse une robe d'intérieur pour aller à sa rencontre. Elle croit de son devoir d'informer le brave homme de « la tristesse qui semble affliger son épouse depuis quelque temps ». Elle ne ménage en rien son interlocuteur, parlant de neurasthénie, de crise de dépression et d'idées suicidaires.

— Je ne suis pas tranquille. Si vous voulez, je peux garder un œil sur elle et vous contacter en cas d'urgence.

Oleg remercie sa voisine de tant de prévenance et de sollicitude et lui donne un numéro de téléphone où le joindre durant ses heures de travail.

— C'est le numéro du répartiteur. Il communiquera avec moi par radio.

Le jeudi soir tant attendu arrive enfin.

Oleg vient de repartir à son travail. Croisant la veuve dans le couloir, il lui confie qu'il a trouvé sa femme de belle humeur, et qu'il n'y a donc plus raison de se mettre martel en tête. N'étant pas dupe de l'origine de cette humeur, la Viazovka met son voisin en garde contre un excès d'optimisme.

— Nombre de personnes feignent l'allégresse quelques heures avant d'en finir avec la vie. Certaines tirent leur joie de savoir que bientôt leurs ennuis seront terminés. Il ne faut pas être naïf. Je garde un œil ouvert, mon bon Oleg, ainsi que les deux oreilles.

Dans sa cuisine, souhaitant qu'Alekseï la voie, Nina danse depuis un moment.

« Tout est harmonie, Ninotchka. Les plats, la danse, le pays. Quand l'harmonie est perdue, il faut la retrouver ou partir. »

Sur une aria de Haendel, Nina raconte en dansant une nouvelle histoire à son enfant qui la regarde. L'histoire d'une femme et d'un homme qui habitent un paradis. Jouissant d'une vie somptueuse, cet homme et cette femme sont follement amoureux.

Les yeux fermés, Nina recrée le théâtre, l'élégance des dames et des messieurs, les salles de banquets scintillant de riches ornements. Devant elle, apparaît l'appartement qu'elle partageait avec Alekseï, leur mobilier confortable, les toiles, le grand vase de Daum.

— Mais un jour, la femme se voit forcée de quitter ce paradis. L'homme ne comprend pas. Elle ne peut s'expliquer, alors elle prétend qu'elle en a assez de danser pour l'élite. Elle ne s'y sent plus bien, elle doit partir, c'est tout. Elle souhaite simplement que leur amour ait le dessus, qu'il la choisisse elle. Mais tant de choses le retiennent. Il essaie de la convaincre. Il lui promet tout. Mais que peut-on désirer quand on habite le paradis ? Alors il se fâche. Il crie. Puis il pleure. Mais la décision de la femme est finale. Sans appel. Elle part, il reste. Le luxe et le confort l'emportent.

Les bras repliés sur la poitrine, la tête légèrement inclinée, Nina garde les yeux fermés durant un moment, une éternité pour l'enfant qui réclame la suite en tapant sur la tablette de sa chaise haute.

C'est vrai. Il existe une suite à cette danse.

— Puis un jour, l'homme réapparaît. Pour remettre le bonheur dans la vie de la femme qu'il aime. Il a compris que la plus grande richesse de toutes, c'est l'amour. Cela lui a pris du temps, mais il a finalement compris. C'est une belle histoire, non ?

La sonnerie du téléphone retentit. Certaine qu'il ne peut s'agir d'Alekseï, Nina ne va pas répondre. Au bout d'un moment, Irena Viazovka glisse la tête par la porte entrebâillée.

— On vous demande. Votre beau-frère, je crois.

Sans se presser, la jeune femme marche vers le téléphone, le cœur serré.

S'il allait tout annuler ? S'il l'appelait pour lui annoncer qu'il repartait ?

— Tu t'en vas, Aliocha ?

— Loin.

— Tu me quittes une fois de plus.

— Pardonne-moi.

— Pourquoi ?

— La danse.

— Je croyais que tu ne dansais plus.

— J'ai recommencé.

Le cœur battant à tout rompre, elle prend le combiné que sa voisine a déposé sur la

chaise. Elle essaie de se préparer à l'affreuse
nouvelle.

— Oui ?

— Tu ne viens pas ?

— Mais… si.

— J'ai cru que…

— Il n'y a rien de changé.

Soulagement.

Elle serait capable d'exécuter dix entrechats
au nez de la Viazovka.

— Pourquoi cette danse alors ?

— Pour te préparer.

— J'ai cru que tu me quittais. Dans cette
danse, tu me quittais n'est-ce pas ?

— Je racontais notre histoire à notre…

— …

— …

— … *notre…* ?

— …

— Il est de moi, n'est-ce pas ? L'enfant ?

— Oui, Aliocha.

— C'est pour cette raison que tu es partie ?

— On ne m'aurait pas permis de rester.
Enceinte, je ne pouvais plus danser.

— Pourquoi ne pas me l'avoir dit ?

— Pardonne-moi.

— Emmène-le. Je veux le voir. Le serrer
contre moi.

— Je ne sais pas…

— Si. Emmène-le. Viens tout de suite. Ainsi, tu resteras plus longtemps.

Elle raccroche, entre chez elle, prend dans ses bras l'enfant qui dort profondément, l'emmaillote, ressort sur la pointe des pieds. Elle emprunte le même chemin que la semaine précédente, mais cette fois, aucune hésitation devant la porte rouge. Au centre de la grande salle, Alekseï est debout dans la pénombre.

— Bonsoir Nina.

— Bonsoir Alekseï.

Ils restent là, à se regarder. Nina, partagée entre l'envie de fuir et celle de lui sauter dans les bras ; Alekseï, tiraillé entre le désir de la prendre et la honte de son corps. Il fait un signe de tête en direction de l'enfant.

— Il dort ?

— Il se nomme Alexandre.

— Pourquoi Alexandre ?

— En ton honneur.

— En mon honneur ?

— Alekseï. Alexandre.

— Né des cendres d'Alekseï.

— Tu dis des bêtises. Il est ton fils, Aliocha.

L'ancienne étoile des Ballets russes s'approche de Nina en boitant. Brisée, la démarche aristocratique, brisé, le port de prince. Elle va vers lui. De son visage, c'est d'abord son teint qui la frappe. Quand elle l'a connu, Alekseï avait un teint magnifique, mélange de terre et de rose. L'homme devant elle a la peau jaunâtre et luisante. Et tant de cicatrices. Au menton, aux joues, aux sourcils.

Les femmes auront peur de toi, désormais.

Ses cheveux, gras, coupés à la diable, tranchent avec la superbe toison qu'autrefois il coiffait avec orgueil. Ses grands yeux noirs ont perdu leur feu. Tout son être dégage une renonciation à la vie faisant peine à voir.

N'y tenant plus, Nina lance ses questions.

— Qu'est-ce qu'on t'a fait, Aliocha ? Qui ? Pourquoi ?

— Du mal. Des hommes. Une femme.

Elle baisse la tête.

Elle savait que sa nature impétueuse empêcherait Alekseï de rester longtemps sans maîtresse. Même quand elle vivait avec lui, il séduisait. Presque par inadvertance. Mais les choses n'allaient jamais loin. Une fois la proie entre ses griffes, elle perdait tout intérêt. Il relâchait son étreinte et la pauvre fille tombait dans l'oubli. N'existait que Nina.

— Une nouvelle danseuse est arrivée avec sa famille, raconte-t-il. Nous avons répété ensemble et elle s'est amourachée de moi.

— Et tu n'y étais pour rien...

— J'ai joué. Comme toujours. Un après-midi, invité chez elle pour l'apéritif, j'ai eu droit à des allusions discrètes suivies d'une déclaration formelle. Lorsque ma résistance lui a fait comprendre qu'elle ne m'intéressait pas, elle est entrée dans une colère épouvantable.

Nina rit sous cape. Si ce n'était de l'état d'Alekseï, ses cicatrices, sa souffrance, l'histoire, familière, serait plus drôle que triste.

— Alors ?

— Elle a appelé au secours et a prétendu, pour se venger, que j'avais attenté à sa pudeur.

— « Redoutez moins la fureur de l'enfer que celle d'une femme dédaignée. » Tu aurais dû te méfier.

— Le mois suivant, je me battais en duel contre son père, un vieil homme qui me faisait pitié. J'ai choisi l'épée. Le matin du duel, mon adversaire empestait la vodka. Une estafilade au bras, le sien, a mis fin au combat. Mais aux yeux de la... charmante enfant, je n'allais pas en être quitte pour autant.

Jusqu'à ce moment, Alekseï a raconté sa mésaventure sur un ton presque badin, comme une plaisanterie. Mais sur cette dernière phrase, son ton a changé.

— Un mois plus tard, alors que je sortais du théâtre, trois hommes m'ont empoigné et m'ont rossé, me brisant le nez et me tailladant le visage. Ils m'ont laissé étendu dans la rue, à demi conscient. Avant que je n'aie le temps de me relever, une voiture apparue je ne sais d'où m'est passée sur une jambe. J'ai entendu craquer ma cheville.

Alekseï fait une pause.

— Le directeur du théâtre a compris comme moi que je ne danserais plus jamais. Ma convalescence à peine terminée, on m'a expliqué que ma présence dans la Cité n'était plus désirée. J'ai eu beau invoquer que je pouvais encore créer des chorégraphies, j'ai été accompagné à la gare et mis dans le premier train pour Moscou.

Durant la dernière partie du récit, Nina s'est mise à bercer doucement son enfant.

— J'ai tenté de trouver du travail, mais personne ne voulait m'engager. La vengeance de la demoiselle éconduite me poursuivait jusqu'ici. Ainsi a commencé ma déchéance moscovite. J'ai dormi dans des lieux immondes, je me suis battu pour un reste de bouteille, j'ai mangé n'importe quoi, n'importe où. Après une nuit de beuverie, je me suis retrouvé en prison. Souffrant du sevrage de l'alcool, j'ai déliré. À mon réveil, un policier m'a confié qu'il m'avait reconnu. Je l'ai supplié de ne dire à personne qui j'étais, que je préférais passer pour mort. C'était un brave homme. Il m'a trouvé ce boulot de préposé à l'entretien. Je dors ici, au sous-sol, ce qui m'assure aussi un poste de gardien de nuit.

Nina ne sait que penser. A-t-elle joué un rôle dans les malheurs d'Alekseï? S'il avait connu ses raisons, il serait parti avec elle. Mais s'il avait quitté la Cité, Alekseï aurait dû se contenter d'un poste d'enseignant et n'aurait pu se produire que dans de modestes théâtres de province. Plus jamais la gloire. C'est ce qu'elle avait voulu éviter.

— Ton mari sait-il à propos de l'enfant ?

— Depuis le jour où il l'a vu.

— Et il t'a gardée auprès de lui ? C'est un brave homme.

— Oui.

— À la Cité, tu aurais dû me dire la vérité. Tu m'as laissé croire à un caprice.

— Je voulais que tu me suives sans contrainte ou peut-être même que tu ne me suives pas du tout. Tu allais perdre beaucoup.

Alekseï sait que Nina a raison.

Les lois de la Cité sont claires. Ceux et celles qui vivent en ce lieu ultra-secret bâti au cœur de la forêt de Mordovie n'ignorent pas qu'ils ont un rôle à jouer, exception faite de l'élite politique qui s'y est établie uniquement pour jouir de ses avantages.

Venus de partout en U.R.S.S., physiciens, chimistes, ingénieurs ou architectes travaillent à la Cité pour la plus grande gloire de leur pays et dans les meilleures conditions possibles. Sans égard au coût, on a fait venir cuisiniers de renom, musiciens, comédiens et danseurs parmi les plus talentueux. On a promis à ces artistes un train de vie incomparable. Dans un pays où circulent encore les cartes d'approvisionnement, comment refuser pareille offre ?

Et tout comme on entre à la Cité de son plein gré, on peut aussi la quitter. On doit alors promettre de taire son existence. Par ailleurs, quiconque quitte la Cité sans y avoir été invité connaîtra certaines difficultés à travailler par la suite dans son domaine.

— Tout cela est du passé, dit Alekseï.

— Que vas-tu faire ?

— Te regarder danser.

— Là ? Tout de suite ?

— *Le Spectre de la rose*, Nina. Ce soir, à la radio.

Le Spectre de la rose. Dernier ballet qu'ils ont dansé ensemble à la Cité.

Nina pose son enfant endormi sur son manteau replié. Elle revient ensuite vers Alekseï et retrouve, dans les yeux presque liquides de son partenaire, ce regard d'enfant.

— Alors avec toi, Aliocha.

— Ce n'est plus possible.

— Tu as encore un pied valide. On fera au mieux.

À son tour de lui opposer sa volonté.

Alekseï la regarde avec amusement, désireux de se laisser emporter dans cette folie.

— Quand je danserai le spectre, ne t'attends tout de même pas, comme à la première, à me voir disparaître par la fenêtre.

— Je ne m'attends plus jamais à te voir disparaître.

Nina se rend à l'appareil de radio et monte le volume au moment où l'annonceur présente le programme de la soirée. Quelques minutes plus tard, surgissent les premières notes de Schéhérazade sur lesquelles Nina s'envole soutenue par les deux bras vigoureux d'Alekseï qui la repose presque aussitôt.

Un pas, deux pas, une pointe et bientôt un grand écart en prenant appui sur son partenaire. Se succéderont des chorégraphies inventées par Nina qu'Alekseï s'efforcera de suivre. Plusieurs fois, oubliant qu'il est estropié, le grand danseur perdra l'équilibre et fera une chute en jurant.

— J'ai l'air complètement idiot ! s'écriera-t-il à un moment, retrouvant son orgueil et sa fougue d'autrefois.

L'aidant à se remettre sur pied, Nina lui glissera à l'oreille : « Danse comme si personne ne te regardait. »

Tiré de son sommeil par l'exclamation contrite du danseur, l'enfant, sur son lit de fortune, laisse aller un bref sanglot. Nina s'approche de lui et, le voyant tendre les bras, elle prend Alexandre et le mène à Alekseï.

— Monsieur n'a pas l'air content, dit-elle.

— J'avais déjà remarqué ses jambes de danseur, il semble en avoir aussi le tempérament.

— Tu as vu ? Alexandre a tes yeux quand tu es contrarié, Aliocha.

— Et ta voix quand tu es excédée, Nina.

— C'est ton papa, Alexandre, dit-elle. Dis-lui bonjour.

— J'ai un peu hésité avant de vous prévenir. Vous avez fait vite.

— J'étais à deux rues d'ici.

La Viazovka fixe Oleg qui triture sa casquette.

— Elle semblait fiévreuse en quittant votre logement. Je crois qu'elle a reçu un nouvel appel de son beau-frère...

— Ma femme n'a pas de beau-frère, camarade Viazovka.

— Elle m'a pourtant parlé d'un beau-frère. Alekseï. Aliocha, si vous préférez.

La veuve voit quelque chose se modifier dans l'attitude d'Oleg.

— Continuez.

— Elle s'est rendue avec l'enfant dans l'immeuble, de l'autre côté de la ruelle.

— L'école de danse ?

— C'est une école de danse ?

— Ce n'est pas annoncé. J'y ai mené des clients.

— Inquiète de ce qu'elle allait faire dehors à cette heure avec le petit, j'ai...

— Vous avez bien fait. Je vais aller voir de quoi il retourne.

Oleg franchit la distance menant à la porte arrière et entre dans le bâtiment voisin. Au bout du couloir, une faible lueur indique le chemin. Chaque pas fait monter en l'homme une angoisse indicible, douloureuse comme une morsure.

Parvenu à la porte, il colle son visage à la fenêtre et aperçoit sa femme qui danse avec un inconnu. Les yeux de Nina ne quittent pas un instant ceux de son partenaire. Et dans ce regard, Oleg peut lire une passion qu'il n'a jamais vue auparavant.

Soudain, au milieu d'un déplacement, l'homme fait une chute.

L'aidant à se remettre sur pied, Nina lui glisse quelque chose à l'oreille. L'homme sourit. Tous deux se retournent vers une silhouette grouillante qui repose par terre. Oleg voit Nina prendre leur enfant qu'elle tend à l'étranger. Comme une gerbe de fleurs.

Elle sourit et son sourire est total, lunaire, éblouissant. Oleg voit ce sourire pour la toute première fois. Il sait qu'il ne pourra plus jamais l'effacer de son souvenir.

L'inconnu caresse les cheveux de l'enfant.

Oleg n'entend pas ce qu'ils se disent, mais le langage qu'ils parlent se comprend sans mots. Il entrouvre la porte et prête l'oreille.

— Tu as vu ? Alexandre a tes yeux quand tu es contrarié, Aliocha.

— Et ta voix quand tu es excédée, Nina.

— C'est ton papa, Alexandre, dit-elle. Dis-lui bonjour.

En 1943, au siège de Leningrad, Oleg était un jeune soldat d'à peine vingt ans. Durant ce temps, il apprit qu'à partir d'un certain point, la souffrance n'a plus de mesure. La faim, la soif, le froid ou les blessures ne peuvent l'accentuer davantage. Elle est totale, remplissant chaque fibre de son être. Comme maintenant.

La vérité lui apparaît, fulgurante : Nina s'est servie de lui. D'abord pour donner un père à son fils. Ensuite pour qu'ils aient tous deux de quoi manger, de quoi se vêtir, un toit au-dessus de la tête.

Une fille si belle ! Comment a-t-il pu être aussi bête ?

Une fille si belle ne tombe pas amoureuse d'un chauffeur de taxi grossier et sans éducation. Son mariage était une farce, sa maison n'était qu'un quai où Nina a attendu durant deux ans que le bon train entre en gare. Et pendant ce temps, Oleg arpentait la salle des pas perdus.

Il l'avait aimée. Sa Nina. Son mirage de Nina. À sa façon, il l'avait aimée.

Écrasé par la douleur et la colère, il sort de l'édifice, traverse la ruelle et se rend à son taxi dont il ouvre la portière avant. À genoux sur le trottoir, il s'empare de l'arme qu'il garde cachée sous le siège. À Moscou, les rues sont loin d'être sûres après la tombée de la nuit. Un chauffeur de taxi est une proie facile pour les chenapans qui hantent certains quartiers près de la Moskva.

Il vérifie si son arme est bien chargée.

Ils aiment la danse ? Ils iront tous les trois danser en enfer. Puis il se donnera la mort. Le Seigneur comprendra son geste.

Deux années de mascarade tramées depuis combien de temps !

De retour derrière la porte, il écoute, attendant le meilleur moment pour entrer et les surprendre. Il ne criera pas, ne fera pas de grand discours, ne versera pas une larme sur cette abjecte histoire. Il ne fera que tirer. Une balle, deux, trois… et la quatrième pour lui.

Aidée par Nina, Alekseï retrouve certains pas de jadis. Il a du mal à prendre appui sur une seule jambe. Heureusement, Nina est aussi légère qu'avant. Sinon davantage. Il la supporte aisément.

À un moment, elle se dégage de lui pour exécuter un grand jeté suivi de quelques tours fouettés. Au cinquième, elle s'arrête et lève un doigt accusateur vers Alekseï en s'écriant : « Plus haut la jambe et termine en troisième, jamais en deuxième ! »

Alekseï reconnaît l'imitation. Cette remontrance a été la première chose qu'il a dite à Nina au milieu de la répétition du *Sacre du printemps*.

Aux premières notes du *Spectre de la Rose*, Nina lui tend la main et l'invite à danser.

— Attends, dit Alekseï. Je dois revêtir mon costume de rose.

Glissant une main dans la poche de son pantalon, il sort un foulard.

Rose.

Saisissant la délicate écharpe par les extrémités, Nina en recouvre la tête d'Alekseï à la manière des bédouins. Elle lui prend ensuite la main et ensemble ils tournent, marchent, s'enlacent, se caressent et, tout à coup, Nina voit de nouveau apparaître des fragments du théâtre de la Cité.

— Nina, que se passe-t-il ?

Alekseï contemple sa partenaire qui irradie soudain d'une éblouissante lumière. Mais Nina ne prête aucune attention au phénomène.

— Abandonne-toi, Aliocha. C'est si beau.

Mû par l'envie de le sentir près de lui, Alekseï prend son enfant, à nouveau endormi au creux du manteau, et le presse doucement entre eux.

Au même moment, Oleg entre dans la salle.

Le bruit de la porte et celui de ses pas sont couverts par la voix de la mezzo-soprano qui chante le poème de Théophile Gauthier.

Soulève ta paupière close
Qu'effleure un songe virginal ;
Je suis le spectre d'une rose
Que tu portais hier au bal.

L'homme approche lentement, arme baissée.

Sa salive a le goût âcre du chagrin et de la colère. Ses mains sont froides.

— *Tes jambes sont tes esclaves*, Aliocha…

— *Et tes bras, des fleurs qu'on offre*, je sais.

— Alors tu sais qu'on peut leur commander. Commande-leur.

Alekseï commande à ses jambes de le soutenir, d'être à nouveau cette masse forte et compacte de muscles capables de sauts formidables.

Et la douleur transcendée s'évanouit peu à peu. Et la force revient.

Et bientôt, il arrive à sautiller et à faire quelques timides jetés. Puis, laissant Nina et leur enfant, il exécute un saut de chat, une cabriole, puis une autre, et l'audace aidant, il entreprend un tour fouetté en appui sur sa bonne jambe et termine en troisième position, le dos droit et le corps reposant sur ses deux jambes retrouvées.

Revenu auprès de Nina et de leur enfant, il se lance avec eux dans un menuet qui n'a rien à voir avec la chorégraphie originale du *Spectre*. Il la tire, la soulève, la fait tourner au-dessus de lui, la porte et s'élance. De ses jambes plombées, il ne reste rien. Les voilà lestes et puissantes comme autrefois.

— Nina, que se passe-t-il ?

— Danse, Aliocha. Continue de danser. Allons jusqu'au bout cette fois.

Pour la première fois, Alekseï comprend ce qui se passe en Nina, il comprend le bonheur véritable de la danse. Et pour la première fois, comme Nina, il peut voir.

Ne se doutant pas que la mort arrive sous les traits d'Oleg, Alekseï et Nina continuent de danser, tenant Alexandre dans leurs bras. Ils ont changé de costume. Le danseur porte les atours de la rose et sa compagne la robe blanche bordée de dentelles de la belle endormie. Le spectre de la rose la tient, l'entoure, l'enlace, la soulève et la repose, et elle se laisse emporter dans ce songe merveilleux. Elle est son parfum, il est sa couleur ; elle est la main qui le cueille, il est son âme d'amoureuse.

Alors qu'il la tient, le visage contre son cou, Alekseï de Liamchin ferme doucement les yeux.

— Nous sommes à la Cité, Nina, murmure-t-il. Nous sommes revenus. Je suis le spectre de la rose.

— Pas tout à fait, Aliocha, mais presque. Danse, danse encore, nous arrivons.

C'est à ce moment précis que l'infortuné Oleg, plus triste que la plus triste des pierres, hurle sa colère dans un coup de feu, puis un second, puis un troisième.

Il se laisse crouler par terre en pleurant, sans trouver le courage de se servir une dernière fois de son revolver. C'est là qu'on le retrouvera. L'arme toujours au poing.

Accompagnée de deux policiers, Irena Viazovka se précipite sur Oleg, l'enlace en répétant son nom.

— Je n'ai pas pu, répète-t-il, je n'ai pas pu…

Les policiers font le tour de la pièce ; l'un d'eux éteint le poste de radio.

— Trois coups de feu, camarade Viazovka, vous êtes certaine ?

— Positive. À quelques secondes d'intervalle. J'ai d'excellentes oreilles, vous savez.

— Dis donc, Valéry. Viens voir un peu…

Le policier s'approche de son collègue qui lui désigne trois trous dans le mur. À un mètre du sol.

— Qu'est-ce qui a pu se passer à ton avis ?

— Le gars a visiblement perdu la raison.

— Et ça, qu'est-ce que c'est ?

Il se penche.

— Sans doute un gosse qui l'a oublié. Laisse-le au bord de la fenêtre.

— Dites donc, demande un policier, votre gars, il vivait seul, je suppose ?

Interpellée, la veuve lève des yeux larmoyants sur le représentant de l'ordre.

— Non, il avait une femme.

— Et où est-elle ?

La veuve regarde tout autour.

— Finalement, se ravise-t-elle, je crois que vous avez raison : il vivait seul.

Les policiers soulèvent le corps inerte du pauvre Oleg et l'aident à marcher jusqu'à la porte, suivis d'Irena Viazovka. Au moment d'éteindre, cette dernière remarque le foulard de soie rose qu'un des policiers a déposé sur le bord de la fenêtre.

un baiser
au monde entier

Là où est la musique,
il n'y a pas de place pour le mal.
Cervantes

Écouter de la musique fait ressentir
le temps physiquement.
Jim Jarmusch

L'appartement de Friedrich était dans un désordre permanent.

À part sa collection de musicographies et de livres de science-fiction soigneusement classés, objets et meubles s'y entassaient au gré du hasard. Or, malgré les désagréments que lui causait ce désordre, jamais Friedrich n'aurait été tenté de faire un brin de ménage. L'impression de débarras que laissait son logement lui était complètement égale. À ses yeux, même rangé et nettoyé, l'endroit ne serait jamais beau, non plus que les objets qui s'y trouvaient.

L'esthétique même des lieux n'avait rien à y voir. Simplement, pour Friedrich, la beauté était ailleurs. Elle n'existait que dans ce qui était libre, sans matérialité. Selon lui, la vraie beauté ne pouvait se trouver que dans la musique. Seule la musique pouvait raviver des souvenirs, provoquer des tourments, susciter tristesse ou joie. Elle était une force qui suggérait, sans imposer.

Et de toutes les musiques qu'il écoutait – classique, blues, musique tzigane, chants zoulous – Friedrich marquait une prédilection pour la musique classique. Et de tous les grands musiciens classiques, il préférait de loin Ludwig Van Beethoven. Friedrich vouait depuis toujours une admiration sans mesure au musicien allemand. Il savait tout de lui.

De l'éducation musicale sévère de Johan Beethoven, être obtus et brutal qui voyait en son fils un nouveau Mozart. De la douceur de sa mère, une femme malade qui mourut trop vite. Des circonstances qui obligèrent le jeune Ludwig à devenir soutien de famille et à veiller à l'éducation et à l'instruction de ses deux frères. De ses premiers séjours triomphants à Vienne où naquit la majorité de son œuvre musicale, considérable et brillante. De sa surdité et de ses dernières années assombries par les soucis financiers et le délabrement physique. De sa mort enfin, et des funérailles grandioses que lui fit le peuple viennois.

Rien au monde ne provoquait en Friedrich autant d'allégresse que la sonate *Appassionata*. Du concerto *Empereur* à la puissante *Neuvième Symphonie*, la musique de Beethoven lui remuait l'intérieur comme aucune autre, le transportait en un lieu vertigineux où la vie devenait plus belle qu'il ne l'aurait cru possible.

Frères, au plus haut des cieux doit régner un tendre père[2].

Chaque fois qu'il entendait ce vers, Friedrich ne pouvait s'empêcher d'y voir une absurdité. Il comprenait mal que Beethoven ait pu accepter d'évoquer la tendresse d'un père, lui qui fut maltraité par celui qu'il eut sur terre et encore plus cruellement éprouvé par Celui des cieux. En effet, qu'il fût très tôt privé du plaisir d'entendre sa propre musique paraissait à Friedrich comme la pire des injustices. Au point d'en devenir une obsession.

Son travail de recherchiste en musicologie l'amenant à approfondir continuellement ses connaissances sur l'ouïe, le jeune homme fit un jour une découverte majeure qui allait être le premier pas vers une aventure incroyable qui changerait le cours des choses.

Dans un livre signé par un scientifique renommé, il avait appris que l'oreille recelait tous les éléments de la vie physique et cosmique. Que le temps et l'espace étaient des vues de l'esprit dont l'oreille était le vecteur. Tout comme les couleurs pour les yeux et les parfums pour le nez, le passage dans l'espace et le temps était perçu par l'oreille.

---

2. Extrait du poème *Ode à la joie* de Friedrich Von Schiller, mis en musique par Beethoven au 4e mouvement de sa Neuvième Symphonie.

Frappé d'une illumination, Friedrich referma le bouquin. Se pouvait-il que se trouvait là le moyen de remonter le temps et de guérir Beethoven ?

Il lut une quantité d'autres articles sur ce sujet ainsi que des textes de psychophysique reliant l'audition et la situation du corps dans l'espace. Utilisant ensuite ses connaissances en musicologie, Friedrich s'employa à imaginer de quelle façon il pourrait utiliser la musique pour remonter le temps.

Il fut aiguillé vers la solution par le souvenir d'une histoire de science-fiction qui racontait l'aventure extraordinaire d'un homme tombé amoureux d'une femme qui apparaissait sur une photo datant de 1896 et qu'il décida d'aller rejoindre dans le passé. Enfermé dans une chambre d'hôtel, vêtu comme en cette fin de siècle et entouré d'objets d'époque, il se concentra durant des jours sur le nombre 1896. Il parvint à remonter le temps et rencontra enfin celle dont il rêvait de faire sa bien-aimée. Malheureusement, alors que tous deux se juraient un amour éternel, un anachronisme insignifiant ramena le jeune homme à son époque[3].

Négligeant de plus en plus son travail, Friedrich consacrait tout son temps à la mo-

---

3. Il s'agit du roman *Le jeune homme, la mort et le temps* écrit par Richard Matheson.

dification complète de son baladeur à disque compact. Il fallait que les sons qui en émanaient stimulent suffisamment le nerf auditif pour atteindre sa *mémoire globale*. En théorie, cette mémoire globale renfermait non pas nos souvenirs, mais ceux de tous nos ancêtres. Un son, un seul, pourrait ouvrir la porte de cette région du cerveau et provoquer un déplacement vers son origine. Il fallait trouver lequel.

Friedrich détermina que, dans toute l'œuvre de Beethoven, la quatrième note de la *Cinquième Symphonie* était sans nul doute celle qu'il lui fallait. Cette note qui semblait ne jamais vouloir s'arrêter représentait la quintessence de la pensée du musicien.

— *Ainsi frappe le destin à la porte*, se dit Friedrich, reprenant à son compte les paroles prononcées par Beethoven pour expliquer le motif initial de cette *Cinquième Symphonie*. Quatre notes comme quatre coups frappés. Le destin allait donner une nouvelle chance au musicien.

Commença alors un travail de bénédictin : utilisant un logiciel de traitement du son, il enregistra sur un disque compact cette quatrième note en boucle, sans laisser le moindre espace, le moindre silence. Friedrich travailla avec acharnement, jour et nuit, ne s'accordant que de brefs moments de repos. Il s'affairait à remplir le disque de la suite ininterrompue du même son avec l'impression de remplir un sablier, un grain à la fois.

Le jour où le disque compact fut enfin plein, Friedrich se sentit plus près que jamais du maestro.

C'est à ce moment que *Herr* Otto Von Krantz fit irruption.

— *Herr* Krantz ! s'exclama Friedrich. Quel bon vent...?

— Pas de bon vent, Steiner ! interrompit l'autre. Et c'est *Herr* Von Krantz. Alors ?

Lorsque Otto Von Krantz tendait la main en disant « Alors ? », cela ne voulait jamais dire « Comment allez-vous ? » mais bien « Où est l'argent ? Vous me devez mon mois de loyer ! »

— Je n'ai pas reçu les émoluments de mon dernier article au *Musikalische Zeitung*, expliqua Friedrich. Je les attends bientôt. Dès réception, je vous signerai un chèque.

Le propriétaire ouvrit des yeux ronds. Il fit de grands pas dans le minuscule appartement froid et humide qu'il louait une fortune à Friedrich. Soulevant sans délicatesse quelques objets qu'il faisait mine d'examiner, il laissait à sa colère le temps de s'accumuler.

— En voilà assez ! éclata-t-il enfin. Si dès demain, 9 heures précises, je n'ai pas reçu de vos nouvelles, je vous expulse de chez moi et je garde tout ça – il désigna le contenu de l'ap-

partement d'un geste dédaigneux – en dédom-
magement. Est-ce clair, monsieur l'Abruti ?

— Mais *Herr* Von Krantz, protesta Friedrich, demain, on est samedi et...

— Rien du tout ! hurla Von Krantz.

Il le bouscula et se dirigea vers la porte.
Avant de sortir, il se tourna, jeta un œil cour-
roucé sur le capharnaüm qui régnait dans l'unique pièce du logement en émettant un sifflement de dédain, puis disparut dans le couloir
sans refermer derrière lui.

S'étant précipité à la suite du propriétaire
pour le convaincre de lui accorder jusqu'à
lundi, Friedrich le vit descendre l'escalier pré-
cipitamment. Il s'apprêtait à rentrer dans son
logis quand lui parvint le son d'une voix.

— Alors ?

— Ne vous inquiétez pas, *Fräulein* Grimmelshausen, répondit Von Krantz d'un ton dou-
cereux. Tout est arrangé. Vous pourrez emmé-
nager dans l'appartement 1C dès dimanche.

La jeune femme poussa un cri de joie.

— Vous ne regretterez pas de m'avoir
acceptée comme locataire, *Herr* Von Krantz.

Et elle partit en courant sous le regard de
l'antipathique bonhomme.

Friedrich entra chez lui, referma la porte et
s'y appuya.

Ainsi, l'idée de *Herr* Von Krantz était déjà
faite ! Il allait tout bonnement l'expulser, gar-

der le contenu du logement en guise de paiement et, bien sûr, l'offrir à la « charmante » *Fräulein* Grimmelshausen, ordinateur, disques et chaîne stéréo inclus. Que pouvait-il faire ? Téléphoner à la revue qui lui devait le prix de deux articles ? Inutile. Même si la comptabilité y mettait la meilleure volonté du monde, le chèque ne lui parviendrait pas avant mardi.

Et puis, il le savait, tout ceci n'était pas une question d'argent. Ça ne l'avait jamais été. C'était une nouvelle salve dans la guerre ouverte qu'Otto Von Krantz et lui se livraient depuis six mois. Depuis qu'ils avaient discuté musique, et qu'un désaccord quant à la supériorité de Wagner sur Beethoven en avait résulté, Otto Von Krantz cherchait à se défaire par tous les moyens de celui qu'il appelait « monsieur l'Abruti ».

Et ses efforts avaient abouti.

S'emparant de son baladeur et de deux sacs, Friedrich sortit de chez lui.

Il passa rapidement devant son propriétaire qui grommela une quelconque menace à laquelle Friedrich fit semblant de ne pas s'intéresser. Le jeune homme marcha quelque temps dans les rues d'Erlangen. Avisant un parc qui lui apparaissait à peu près désert, il s'assit sur une roche plate et ouvrit l'un de ses sacs.

Il avait d'abord songé à se rendre à Vienne en auto-stop. Mais après réflexion, il se dit que si la musique lui faisait traverser le temps pour aller à la rencontre de Beethoven, elle lui ferait tout aussi bien traverser l'espace.

Il coiffa le casque auditif et enfonça profondément les deux tiges aux embouts caoutchoutés dans ses oreilles. Il vérifia si tout le matériel se trouvait dans le premier sac, puis jeta un œil dans l'autre et ressentit un agréable coup au cœur en apercevant les nombreux disques qui s'y trouvaient : Brahms, Liszt, Wagner, Mahler, Berlioz. Il avait décidé de les emporter afin de faire écouter à Beethoven tous les emprunts qui seraient faits à partir de sa musique et l'influence phénoménale qu'elle aurait sur les musique à venir. Quelle joie cela serait de lui faire parcourir les multiples sentiers de son héritage. En outre, connaissant l'orgueil de Beethoven, il s'était assuré d'emporter plusieurs de ses œuvres à lui.

Pour son retour, il avait prévu un enregistrement de la dernière pièce chantée de Yoel Hofer, accompagné par l'ensemble Vox *Musica*. Le simple anachronisme que représenterait à son oreille cette œuvre récente serait suffisant.

En cela, il s'inspirait à nouveau du roman qu'il avait lu.

Il avait aussi emporté quatre piles neuves.

La nuit était tombée.

Il écoutait le son prolongé du mi bémol depuis quinze minutes et rien ne se passait.

Pourtant, cette note s'étirant à l'infini comme un écho lui parvenant du fond des temps devait forcément projeter son corps vers sa source. Alors pourquoi ne *partait*-il pas ?

Il leva la tête et contempla le vaste ciel étoilé. Perdu dans son immensité, le mélomane se laissa mieux pénétrer par l'impression de légèreté que lui procurait cette note. Il se concentra sur Beethoven, sur le visage de Beethoven, sur sa musique, sur sa vie et sur l'année 1808. Deux autres vers de l'*Ode à la joie* de Schiller, les deux derniers, lui revinrent en mémoire :

Cherche alors le Créateur
au-dessus des cieux d'étoiles !

Il regarda les étoiles, réflexion lumineuse d'un passé révolu. Il se perdit en elles et ferma les yeux au moment même où, de manière à peine perceptible, le ciel changeait enfin. Quand Friedrich rouvrit les yeux, il n'aurait pu dire combien de temps s'était écoulé. Mais il faisait toujours nuit. Au-dessus de sa tête, les étoiles avaient cependant disparu.

Une musique lui parvint aux oreilles. Une musique qu'il reconnut tout de suite : le premier mouvement de la *Cinquième Symphonie* de Beethoven.

Intrigué, il redressa la tête et vit le dossier d'un fauteuil rongé aux mites. Il était couché derrière les derniers bancs d'une salle de spectacle. Il se leva tout à fait. Dans la salle, pas un

siège n'était libre. Les musiciens de l'orchestre faisaient jaillir sans trop de force ni d'ensemble la musique pourtant extraordinaire
qu'ils essayaient d'interpréter alors que se
démenait devant eux un petit homme hirsute.
Celui-ci, crinière en bataille et poing dans le
dos, levait haut la baguette, dirigeant avec fougue cet ensemble comme s'il voulait les domp-
ter un à un.

— Qu'est-ce que…? s'exclama Friedrich.

Aussitôt, plusieurs visages se tournèrent
dans sa direction. Un homme lui fit signe de
se taire. Alors, Friedrich comprit.

— Bon sang ! se dit-t-il. J'ai… j'ai réussi !
Me voilà en 1808, à Vienne, au moment où
fut créée la *Cinquième Symphonie*.

Il fit quelques pas dans l'allée.

— Et cet homme qui gesticule comme un
forcené… n'est autre que…

Aussi renversant, aussi inimaginable que
cela pouvait le paraître, Friedrich s'était déplacé
dans le temps et dans l'espace ! Il était au *Theater an der Wien*, le 22 décembre 1808, et Beethoven venait d'entamer le premier mouvement
de sa *Cinquième Symphonie*. Il y aurait ensuite
l'entracte, puis le maestro s'attaquerait à la
Sixième, sa fameuse *Pastorale*, qu'il présentait
également pour la première fois le même soir.

C'est à cette occasion, racontent ses bio-
graphes, qu'il ressentit les premières mani-

festations d'une surdité bien réelle. Plus question ici de baisse temporaire de l'ouïe, c'était beaucoup plus dramatique : ce soir-là, Ludwig Van Beethoven n'entendait presque plus rien.

L'hypothèse de Friedrich était que, malgré les diagnostics posés par certains médecins, le maestro ne souffrait ni d'otospongiose ni de neurinome du nerf auditif. L'étude de tous ses éléments biographiques lui avait permis de conclure que le musicien était probablement affligé par des otites aiguës qui, mal soignées, avaient dégénéré en une labyrinthite, entraînant sa surdité.

Dans son sac, Friedrich avait emporté une seringue spéciale conçue pour le lavage de cavités. Il l'utiliserait pour aspirer le pus accumulé dans l'oreille du musicien. Il avait aussi apporté coton hydrophile et antibiotiques, obtenus d'un ami pharmacien.

Trente minutes plus tard, à la fin du quatrième mouvement, Friedrich se précipita vers la coulisse. Mais il fut arrêté dans sa course par deux hommes en livrée rouge et noir.

Le jeune homme se prétendit médecin et exigea qu'on le conduise auprès de Beethoven. Devant l'hésitation des deux employés, Friedrich haussa le ton.

— *Herr* Van Beethoven ne s'est-il pas plaint auprès de l'un d'entre vous de maux d'oreille et de vertiges avant le lever du rideau ? dit-il avec un soupçon d'impatience dans la voix. Ne m'a-t-il pas envoyé chercher à l'autre bout de Vienne afin que je lui apporte les médicaments dont il a grand besoin ?

Il ouvrit son sac de toile.

À la vue de son contenu, les employés du théâtre accompagnèrent Friedrich à la loge de Beethoven.

Espiègle, Friedrich frappa *quatre* coups à la porte, selon un certain rythme. Puis quatre autres, plus fort. Finalement, quelqu'un vint ouvrir.

— Il m'avait bien semblé avoir entendu frapper ! Que voulez-vous ?

Émotion. Stupeur.

Le souffle coupé, la parole suspendue, Friedrich se trouvait devant Ludwig Van Beethoven. Que peut-on dire en un tel moment ?

— Je suis médecin, déclara Friedrich avec un accès de brusquerie qui le surprit. On m'a envoyé chercher. Vous avez eu un malaise à ce qu'il paraît ?

Beethoven recula d'un pas, ce qui permit à son visiteur d'entrer dans la loge et de fermer la porte.

— J'ai en effet du mal à entendre, docteur. Cela dit, vu le massacre que subit mon œuvre entre les mains de ces amateurs, vous m'accorderez que cela vaut peut-être mieux.

— Asseyez-vous ! ordonna calmement Friedrich.

Le musicien, cheveux en bataille et mine bourrue, obéit tandis que l'autre examinait ses oreilles en faisant des « hmmm ». Ce dernier tira la seringue du sac de toile et en introduisit l'extrémité dans une des oreilles du musicien jusqu'au tympan. Il aspira le liquide qui s'y trouvait. L'opération fit pousser un cri de douleur au pauvre homme. Friedrich répéta la manœuvre plusieurs fois dans chacune des oreilles, provoquant la colère et l'impatience du compositeur. Il nettoya l'intérieur du pavillon à l'aide de tampons trempés dans du peroxyde.

— Voilà ! dit celui qui se prétendait médecin. Le pus a été entièrement retiré. Il ne reste maintenant qu'à combattre l'infection avec ceci.

Il brandit le petit flacon contenant une centaine de pilules antibiotiques.

— Vous en prenez une, trois fois par jour, pendant dix jours. Il faut l'avaler, *Herr* Beethoven, pas la croquer. Aidez-vous, si nécessaire, d'un grand verre d'eau.

— Ou de bière ? demanda le musicien.

— Non, surtout pas ! répondit Friedrich. L'alcool et ce médicament font très mauvais ménage. D'ici une semaine, vous vous sentirez mieux. Et votre ouïe se sera sensiblement améliorée.

— Mais je me sens déjà mieux, répondit le musicien. Merci !

Friedrich hésita quelques secondes avant de serrer cette main qui lui était tendue, cette main qui avait écrit, et allait encore écrire, tant de monuments musicaux.

— Si le mal devait vous reprendre, suivez la même prescription.

Pour toute réponse, Beethoven ferma les yeux et sourit.

Friedrich Steiner fixait maintenant son idole avec, dans le regard, un trouble non dissimulé. Le silence admiratif de son « médecin » gêna le musicien.

— J'entends mieux, dit celui-ci pour masquer son embarras. Vraiment mieux.

Il fixa à son tour son visiteur et parut se rendre compte, pour la première fois, de ses singuliers atours, particulièrement de ses souliers de toile, blancs avec des lignes bleues, une épaisse semelle, et qui se terminaient de curieuse façon sous la cheville.

— Comment avez-vous fait, demanda Ludwig Van Beethoven, pour savoir que ?... Qui vous l'a dit ?... D'où viennent ces traitements miraculeux ?

S'approchant de celui qui venait de lui rendre l'ouïe, il posa la question qui les résumait toutes :

— Qui êtes-vous *vraiment* ?

Alors, sans un moment d'hésitation, faisant confiance à l'imagination et à l'ouverture d'esprit du compositeur, Friedrich lui raconta tout. Beethoven ouvrit d'abord des yeux ronds de stupeur. Toutefois, à mesure que le récit progressait, sa physionomie s'apaisa. Quand Friedrich eut terminé, le regard du maestro était difficile à interpréter.

Amusement ? Incrédulité ? Réflexion ?

L'homme fit quelques pas dans sa loge et expliqua que la musique avait sensiblement modifié sa compréhension du temps et de l'espace. Il ne les voyait plus comme des milieux aux règles définies, mais comme des conceptions abstraites dont certaines propriétés demeureraient à jamais un mystère.

— Je suis persuadé, dit-il, que le déroulement du temps n'est pas irréversible. La récurrence de thèmes musicaux au long de plusieurs œuvres illustre parfaitement ce que je crois : passé, présent et avenir peuvent parfois se rejoindre et se confondre. Du reste, le soulagement de mon mal, ma guérison et les étranges instruments dont vous avez fait usage ne suffisent-ils pas à me convaincre qu'il y a chez vous quelque chose d'extraordinaire ? Une personne venue du futur ? Pourquoi pas !

Le musicien fut encore plus convaincu quand Friedrich lui montra son baladeur.

Grâce aux bons soins qui lui avaient été prodigués, Beethoven put entendre des extraits de ses propres symphonies, passées, présentes et à venir, ainsi que quelques échantillons de pièces composées par ceux qui lui succéderaient.

— Pas mauvais ce que fera le petit... Comment l'appelez-vous déjà ?

— Brahms. Johannes Brahms.

— Vraiment bien. On sent qu'il a subi l'influence de mes compositions. Par ailleurs, ce Wagner me laisse perplexe. Quant à Mahler, je n'y comprends rien du tout. Dites ? Vous voulez bien me laisser entendre ma *Neuvième* encore une fois ? La finale du dernier mouvement.

Il remit le casque d'écoute. Un sourire passa sur les lèvres du musicien.

— J'ai vraiment composé ça ?

— Vous et personne d'autre, *Herr* Beethoven, répondit Friedrich.

On frappa à la porte. Le régisseur avertit qu'on prenait du retard et que le public réclamait la seconde moitié du concert.

— Votre magnifique *Sixième*, maestro !

Beethoven posa la main sur le bras de Friedrich.

— Pourquoi ? demanda-t-il. Pourquoi avoir fait ce *voyage* ?

— Par reconnaissance, répondit Friedrich. Vous m'avez apporté tant de moments de bonheur, *Herr* Beethoven. Être ici m'est aussi doux… qu'*un baiser au monde entier*.

— Oh ! C'est de Schiller ça, non ?

— Si. Et bientôt, un peu de vous.

Quand il sortit, Friedrich se laissa un instant imprégner de l'émotion qu'il ressentait. Puis, sans raison, il songea à Otto Von Krantz qui l'attendait. Il fit une horrible grimace et glissa ce qu'il crut être le disque de Yoel Hofer dans son baladeur.

Dès les premières notes, cependant, il sut qu'il s'était trompé.

Ce n'était pas l'œuvre de Hofer qu'il écoutait, mais *Le Chant de la Terre* de Gustav Mahler. Et comme il l'avait prévu, l'anachronisme causé par ces quelques accords fut suffisant pour l'expédier à travers le temps jusqu'en… 1908.

De la scène lui parvenaient, étouffées, les suites harmonieuses de l'œuvre brillante de Mahler. Curieux de l'aspect des choses et des gens à cette époque, il se hasarda à sortir du théâtre.

Dehors, un groupe de jeunes gens discutaient en cercle en fumant une cigarette. Il entendit l'un des garçons déclarer sur un ton fanfaron qu'ils allaient « corriger ce jeunot qui ose soutenir que Wagner est mille fois supérieur au grand Gustav Mahler ».

— Ouais ! s'écria un autre. On va lui faire ravaler ses paroles à cet imbécile. Lévy, tu es sûr qu'il est au café ?

— Siméon a dit qu'il y était.

Friedrich en demeura abasourdi. Il avait déjà entendu parler de ces querelles de musicologues en herbe – les premiers concerts de Tchaïkovski avaient, paraît-il, dégénéré en foire d'empoigne – mais jamais il n'y avait vraiment cru. Or, voici qu'il assistait aux préparatifs d'une telle rixe.

Il sortit du théâtre et s'approcha du groupe.

— Messieurs, dit-il. Pouvez-vous me dire à qui vous comptez ainsi casser la figure ?

Le plus grand le toisa du regard.

— En quoi ça vous regarde ? Vous êtes flic ?

— Pas du tout, mais je n'aime pas qu'on traite la musique de cette façon.

— Alors vous n'aimeriez pas entendre ce que vocifère cet idiot qui vit avec sa maman, répondit-il. Pas un soir, au café, sans qu'il n'injurie Mahler !

— Poings fermés et yeux hagards, dit un autre, il monte sur la table et hurle à qui veut l'entendre que sa musique a le charme du hurlement d'un dromadaire en rut !

— Il affirme aussi que la musique allemande est supérieure à la musique autrichienne, poursuivit un troisième.

— Alors, on va le rosser, conclut le dernier sur le ton de l'évidence.

Friedrich eut un sourire. Cette dispute lui rappelait quelque chose.

— Et vous croyez qu'une correction à coups de poing va le faire changer d'opinion ? demanda-t-il.

Les jeunes gens se regardèrent. Le plus grand, appelé Siméon, fit la moue. Les trois autres attendaient sa réponse.

— Non, répondit-il enfin. Mais il va au moins se la fermer.

— Sans compter que nous, ça nous soulagera, ajouta le petit aux yeux noirs qui s'appelait Lévy. Pas vrai, David ?

Rires.

Friedrich sortit son baladeur.

— Vous aimez la musique à ce que je vois, dit-il. Eh bien, grâce à cet objet que je viens de fabriquer, que diriez-vous d'écouter des pièces de compositeurs que vous ne connaissez pas encore mais qui, un jour, seront très célèbres. Des compositeurs venus de plusieurs pays du monde.

Réactions enthousiastes.

— C'est pas ce truc inventé par le père Marconi ? demanda le petit Lévy.

— Ça lui ressemble, en effet, répondit Friedrich.

Craintifs d'abord, ils coiffèrent l'un après l'autre le casque d'écoute et se laissèrent emporter par la *Symphonie Fantastique* de Berlioz, le *Capriccio* de Strauss et la *Cinquième Symphonie* de Mahler, leur idole à eux.

— La musique existe pour élever l'âme, disait Friedrich. Elle ne connaît ni religion ni race, ne respecte aucune frontière et n'appartient à personne. La musique est la plus belle invention de l'homme parce qu'elle est la plus libre. Elle transfigure la vie.

Et elle adoucit les mœurs, aurait-il pu ajouter. Car celle que ces quatre jeunes hommes écoutaient à tour de rôle, assis par terre devant le *Theater an der Wien*, parvint à leur faire oublier tout à fait leur expédition punitive.

Et quand ils s'en souvinrent, les garçons déclarèrent qu'ils n'en avaient plus envie.

— Tant pis pour ce gros imbécile ! s'écria Siméon. De toute façon, on ne l'entendra plus vociférer, il déménage à Linz demain matin, paraît-il.

— Tout à fait d'accord, répondirent les autres à l'unisson. Qu'il aille au diable !

— Ouais, hurla Lévy en direction du café. Va au diable, Adolf, toi et ton Wagner !

En entendant le prénom, Friedrich sursauta.

Adolf ? Se pourrait-il qu'il ait empêché ces quatre garçons d'origine manifestement juive de casser la gueule à…? La coïncidence, l'ironie, serait trop fantastique.

Après le départ du quatuor vengeur radouci, Friedrich inséra dans l'appareil le disque de Yoel Hofer – le bon, cette fois – et, aux premières notes lancées par les barytons, il fut promptement expédié à Erlangen. À nouveau debout derrière la dernière rangée, Friedrich regardait Yoel Hofer dirigeant lui-même ses *lieders* pour la première fois. Il se pressa vers l'extérieur de la salle de concert sachant qu'un autre Friedrich, spectateur dans la deuxième rangée du parterre, était clandestinement en train d'enregistrer l'œuvre.

Il allait se précipiter chez lui quand il fut frappé par un détail qu'il avait négligé.

Il était *à deux jours* de son départ vers le passé.

Cet *autre* Friedrich reviendrait donc chez lui, une fois le concert terminé. Sa rencontre avec lui-même ne pouvait avoir lieu. Cela signifierait un paradoxe et Dieu seul sait ce qui pourrait en résulter. Il se cacha et attendit.

Quand, dans deux jours, il verrait Friedrich Ier disparaître de la roche où lui-même avait pris position, il saurait qu'il pouvait rentrer en toute sécurité dans son appartement.

Et c'est exactement ce qu'il fit.

Or, au moment où il vit son alter ego disparaître, il constata aussi que le décor semblait se modifier subtilement : quelques noms de commerce changèrent, une porte passa du blanc au gris, un arbre perdit plusieurs branches, un autre disparut, un chien cessa d'aboyer.

Mais Friedrich n'accorda aucune attention à ces légers changements.

En rentrant enfin chez lui, il se précipita sur l'une de ses biographies de Beethoven.

Il tourna les pages fébrilement, s'arrêtant à l'année fatidique, celle des premières manifestations de sa « grande blessure » : 1798. On n'en parlait pas. Il tourna les pages. 1800, 1805, 1808... Rien ! Il n'y avait rien ! Nulle part il n'était fait mention de la surdité dont avait souffert le musicien.

Friedrich avait réussi ! Il avait guéri Beethoven.

Toutefois, le mélomane n'était pas encore au bout de ses surprises.

Il faillit perdre connaissance quand il découvrit dans sa discothèque la présence d'une *Dixième Symphonie* du maestro. Consultant ses livres, il apprit que la *Dixième Symphonie* avait été composée par Beethoven en 1823, date à laquelle la *Neuvième* avait normalement été écrite.

— Il a travaillé plus vite ! s'écria Friedrich. Grâce à ses deux oreilles intactes, il a pu composer sans interruption et à un rythme supérieur à celui du « temps de sa surdité ».

Vite, les doigts tremblant d'excitation, il plaça le disque compact de la *Dixième Symphonie* sur le plateau du lecteur laser et une attaque de violoncelles emplit aussitôt la pièce, causant chez Friedrich une vive émotion. Il écoutait un nouveau Beethoven !

Les larmes lui montèrent aux yeux.

Son allégresse fut, hélas ! brusquement interrompue par des coups frappés à la porte. « Von Krantz ! » pesta intérieurement ce pauvre Friedrich. Il arrêta la musique et alla ouvrir.

Un homme maigre et de courte taille, portant barbiche au menton et lorgnon sur le nez, se tenait dans l'entrée.

— Bonjour, mon cher Friedrich, dit-il. J'ai entendu votre musique, alors je suis monté.

Il fit quelques pas dans la pièce.

— Pourquoi l'avez-vous arrêtée ? demanda-t-il soudain. Est-ce que quelqu'un se serait plaint ? Mais… vous pleurez ?

— Non, répondit Friedrich après une seconde d'hésitation. Je vous demande pardon, monsieur, mais… à qui ai-je l'honneur, je vous prie ?

Un air d'étonnement glissa sur le visage de l'homme. Puis il éclata de rire. Il se tapait la cuisse d'une main et se tenait le ventre de l'autre. Il riait d'un rire sec et étouffé qui semblait coincé au fond de la gorge.

— Ce sacré Friedrich ! finit-il par dire entre deux hoquets. Vous êtes mon locataire depuis six ans et votre loufoquerie arrive encore à me surprendre !

Locataire ? Ce bonhomme était... son pro-priétaire !

— Mais qu'est-il arrivé à *Herr* Von Krantz, monsieur ? demanda Friedrich.

— Von Krantz ? répondit l'autre. Je ne connais personne de ce nom. Mais qu'est-ce qui vous arrive, mon bon Friedrich ? Vous êtes tout pâle.

— Rien, *mein Herr*, rien, répondit celui-ci en s'assoyant entre une cage à oiseaux vide et un étui à violon. Ou plutôt, c'est que... Je... Je n'ai pas encore l'argent du loyer et je suis...

Le bonhomme se pencha vers son locataire.

— Allons, allons, *Herr* Steiner ! dit-il d'une voix rassurante. Quand avez-vous entendu Jacob Schlosberg vous parler d'argent ? On a toujours trouvé le moyen de s'arranger, vous et moi, non ? Deux chroniques musicales à ma station de radio de Nuremberg, et je me consi-dérerai payé. Comme d'habitude.

Jacob Schlosberg ?

Quand il avait quitté son époque, harcelé par son propriétaire, il allait être expulsé de chez lui, criblé de dettes et sans rien qui lui appartienne. Et voilà maintenant qu'il était l'ami du nouveau propriétaire et sans le moindre souci pécuniaire.

Qu'avait-il donc fait dans le passé qui ait pu à ce point changer le cours de sa vie ? Sa rencontre avec Beethoven ? Il ne le croyait pas. Mais alors quoi ?

Tout à coup, il fut frappé par l'évidence. Ce groupe de jeunes garçons qu'il avait dissuadé de casser la gueule à cet... Adolf !

Se pouvait-il qu'un événement aussi anodin...?

Courant partout, bousculant tout dans son appartement, Friedrich mit la main sur la première encyclopédie venue et en tourna rapidement les pages. Hippolyte... Hitchcock... Hittites ! Rien sur Hitler, pas une ligne. Et rien non plus sur la Seconde Guerre mondiale. Rien sur l'invasion de l'Europe, les nazis, les camps de la mort... l'holocauste.

Tout cela n'avait jamais eu lieu !

Des millions de Juifs, de Tziganes, de Polonais, de Russes, de Français, d'Anglais et d'Allemands, enfants et adultes, n'étaient pas morts ; la vengeance démesurée d'un jeune homme de dix-neuf ans, rossé par quatre Juifs pour avoir parlé contre Mahler un soir de beuverie, n'avait pas eu lieu.

Parce que lui, Friedrich Steiner, n'avait pu supporter que la musique soit à l'origine du plus petit conflit, il avait empêché qu'elle soit à l'origine de l'un des plus grands. Désormais, il serait le seul habité par ces images d'hommes et de femmes décharnés et chauves, de ces enfants affublés de l'infâme étoile jaune, de ces pauvres hommes de toute race étendus au fond d'une tranchée, un drapeau rouge, blanc et noir flottant au-dessus d'eux.

Il referma l'encyclopédie et la jeta sur un tas de feuillets qui s'écroula.

Après avoir mis la finale du quatrième mouvement de la *Neuvième Symphonie* de Beethoven sur son lecteur, il passa un bras autour des épaules de Jacob Schlosberg.

Il tenait contre lui un représentant de ces six millions d'hommes, de femmes et d'enfants que l'Histoire de ce monde nouveau, de cet univers parallèle, avait, cette fois-ci, décidé d'épargner.

> *Qu'ils s'enlacent tous les êtres*
> *Un baiser au monde entier.*
> *Frères, au plus haut des cieux*
> *Doit régner un tendre père[4].*

4, Extrait du poème *Ode à la joie* de Friedrich Von Schiller, mis en musique par Beethoven au 4e mouvement de sa Neuvième Symphonie.

sauvé par
Don Quichotte

Car un livre contient au moins deux souvenirs :
celui de qui l'a écrit, celui de qui l'a lu.
Jean Royer

B onjour, monsieur Mercier, fait la voix
— sur le répondeur, mon nom est Pauline Brunet, je suis directrice de l'école
Marie-la-Garde. »

Ludovic aussitôt tend l'oreille. Marie-la-
Garde, son ancienne école primaire.

« J'ai eu votre numéro de téléphone par
votre mère. Monsieur Mercier, un objet qui
vous appartient vient d'être retrouvé dans notre
école. Je pense que vous seriez très heureux de
le récupérer. Je vous invite donc à communi-
quer avec moi. »

Ludovic note le numéro et rappelle sur-le-
champ. Après la deuxième sonnerie, il entend
la même voix que celle du répondeur.

— École Marie-la-Garde, Pauline Brunet.

Ludovic s'identifie et Mme Brunet se lance
tout de suite dans la narration des événements
qui ont mené à son appel. Le mois dernier,
raconte-t-elle, une inondation causée par un
bris dans la tuyauterie principale a obligé la
commission scolaire à des travaux majeurs
au rez-de-chaussée de l'école. On a profité de
ces rénovations pour remplacer les vieux casiers
en métal par des tablettes et des crochets, moins

dangereux et plus pratiques. C'est en retirant l'un des casiers qu'un ouvrier a découvert un objet coincé contre le mur.

— Et de quel objet s'agit-il, selon vous ? demande la directrice comme on le ferait à un enfant.

— Aucune idée, madame Brunet.

— Un livre, monsieur Mercier…

Aussitôt, le cœur de Ludovic se met à battre très vite. Et très fort.

« *Un livre qui a tenu…* »

— Un livre à la reliure très soignée…

« *une place…* »

— … tout de suite compris…

« *une place importante…* »

— … entre les mains…

« *une place importante dans ma vie.* »

— … objet vraiment précieux.

Son nom, son adresse et son numéro de téléphone étaient inscrits sur la page de garde. La directrice se fait fière d'avoir retracé Ludovic en seulement quatre appels. Balbutiant quelques mots de remerciements, celui-ci informe la directrice qu'il passera prendre son livre dès le lendemain.

— Vous rappelez-vous de quel livre il s'agit ? demande madame Brunet, surprise par son manque de curiosité.

— Madame Brunet, les ailes d'un moulin tournent-elles quand il vente ?

Et il raccroche avant qu'elle ne puisse ajouter un mot.

Ludovic se sent traversé par une douce chaleur. Il songe au lendemain comme à un rendez-vous amoureux. Il ne tient pas en place. Pour un peu, il irait chercher ce livre tout de suite. Car ce n'est pas qu'un de ces bouquins communs à couverture cartonnée. C'est un livre, un vrai, comme on les faisait autrefois. Doré sur tranche, une reliure en cuir rouge, des pages au papier fin mais solide. Le titre, gravé sur la couverture en lettres d'or, aurait pu l'être de même dans le cœur de Ludovic : L'ingénieux chevalier Don Quichotte de la Manche. Une merveille, mais surtout, le livre que lui a donné Dame Maud Hausman.

Sans Maud Hausman, sans sa bienveillante fermeté et sa clairvoyance, Dieu sait ce que Ludovic serait devenu. Certainement pas ce qu'il est aujourd'hui.

Le lendemain, il termine en vitesse sa chronique et prend la route de son ancien patelin où il n'a pas mis les pieds depuis des siècles. Il est presque trois heures lorsque Ludovic gare sa voiture.

Il regarde l'édifice qui fut son école. Hormis les lourdes grilles aux fenêtres, signe des temps, Marie-la-Garde n'a pas changé. Il s'approche de la cour vide. L'asphalte craquelé, la peinture à demi effacée des espaces de ballon-chasseur, le mur sans fenêtre de « la petite école » (une annexe à la grande) sur lequel on lançait une balle de tennis en jouant à « stand-o ».

Ici, le temps s'est arrêté.

Se transposent alors à ces images celles de l'année 1968.

Il revoit quelques camarades, son institutrice, le directeur, haranguant les élèves depuis l'escalier de secours du gymnase.

Il voit aussi Dame Maud, le cheval Rossinante, le fidèle Sancho et le preux Don Quichotte, les yeux hagards, se lançant à l'attaque de deux pauvres moines épouvantés.

Et le démon chauve, et le gnome.

Assis sur le perron en ciment de la sortie des élèves, Ludovic consulte sa montre. La directrice lui a donné rendez-vous après la fin des cours. Il décide de tromper son attente en rétablissant la chronologie des événements qui marquèrent cette dernière année à l'école Marie-la-Garde. À commencer par une fin d'après-midi de novembre. Oui, d'abord cette fin d'après-midi de novembre…

Ludovic, sac au dos, longe la rue de son école, mais au lieu de traverser le boulevard, il bifurque à gauche. Clopin-clopant, il marche jusqu'à la dernière rue. Le garçon hésite en posant la main sur la rampe luisante comme les chaussures du curé.

— Trois soirs par semaine, soupire Ludovic.

Il appuie deux fois sur la sonnette suivant la recommandation de Dame Maud Hausman que le garçon et son père sont venus rencontrer le dimanche précédent.

Si elle avait pu oublier et s'en être allée faire des courses ? Et si la dame dormait et ne l'entendait pas ? Et si la dame était morte le nez au fond de son bol de gruau ? Aboiements du chien, bruits de pas, espoirs envolés.

Derrière la vitre dépolie de la porte, le garçon distingue une haute silhouette, mince et désespérément vivante. Elle ouvre et aussitôt une odeur de lavande accueille le garçon. À travers une paire de lunettes à monture noire, les yeux aigue-marine observent le visiteur, comme si l'enseignante à la retraite le voyait pour la première fois.

Rien dans ce regard ou dans son attitude ne laisse deviner ce qu'elle pense. Papillonnant des paupières en levant les yeux au ciel, elle effectue un curieux mouvement de la tête et murmure un « An-han ». Puis elle marche vers l'intérieur de la maison suivie de son gros chien noir. Levant une main par-dessus son épaule, elle fait signe au garçon de la suivre alors que de l'autre elle intime au chien l'ordre de se retirer.

— Couché Charbon, dit-elle sans hausser le ton.

L'enseignante et son nouvel élève s'installent dans le bureau attenant au salon alors que les derniers rayons du soleil se faufilent entre les plantes formant rideau devant la grande fenêtre.

— Commençons par l'écriture, dit Dame Maud Hausman. Sortez une feuille de papier que nous puissions vérifier l'étendue des dommages.

— Vous allez me donner une dictée, madame Hausman ?

L'enseignante s'approche de Ludovic.

— Jeune homme, dit-elle calmement, il me semble vous avoir dit de m'appeler DAME Hausman, ou DAME Maud, et non MADAME puisque je ne suis pas VOTRE dame. Ensuite, j'ai bien dit que nous évaluerions votre écriture. Comment, en cette occurrence, une dictée peut-elle vous sembler pertinente ?

L'enfant n'est pas du tout certain d'avoir saisi le sens de la question, mais tente néanmoins une réponse.

— Pour voir si je sais écrire, Dame Hausman.

— Vous confondez écriture et orthographe. À votre décharge, vous n'êtes pas le seul. Savoir écrire, jeune homme, repose sur davantage d'habiletés que l'épellation ou la maîtrise de l'accord du participe passé avec avoir.

Dame Maud fait quelques pas vers le salon.

— Imaginez, poursuit l'enseignante, que savoir écrire soit un immense paquebot. Chaque jour, on lui ajoute de nouvelles cabines et des ponts. Il semble solide et pourtant, il peut sombrer. Sans un capitaine et un équipage pour le soutenir et le guider, il se heurtera au premier récif. Ce capitaine, c'est l'idée maîtresse, cet équipage, les idées secondaires. Pour écrire, il faut avoir quelque chose à dire. Et pour avoir quelque chose à dire, il faut réfléchir.

À ces mots, Dame Maud Hausman s'installe derrière une grande table à quelques pas du bureau qu'occupe Ludovic, et s'emploie à recoudre un objet. Sa position à contre-jour empêche le garçon de voir de quoi il s'agit. Mais à force de regards furtifs, il constate non sans surprise que l'objet que recoud Dame Hausman est un livre.

— Je m'attends à un texte d'une quinzaine de lignes, dit-elle sans lever les yeux. Si vous décidez d'excéder la limite, tâchez de ne pas en faire autant avec votre lectrice.

— Bien, ma… Dame Maud.

Assis sur sa chaise droite, le garçon regarde le plafond comme s'il attendait une intercession céleste. « L'inspiration est au bout du crayon », affirmait son enseignant de l'an dernier à ceux qui n'avaient jamais d'idées.

« Qu'est-ce que je fais ici ? » se demande Ludovic.

Et il l'écrit.

« Je n'ai jamais eu de problèmes à l'école avant. »

Il écrit cela aussi.

J'apprenais même facilement. Pourquoi me suis-je mis à faire quantité de fautes, à ne plus même avoir d'idées quand j'écris ? Quelqu'un a percé un trou au fond de ma mémoire. Je ne retiens plus rien. Je ne sais plus rien. Ni comment on écrit les mots (mais là, je le sais) ni les règles de grammaire (mais là, je les connais) ni les dates où ont été fondées Montréal, Québec et Trois-Rivières (1642, 1608 et 1634!). Comment se fait-il que je sois aussi nul en mathématiques ? Et comment se fait-il que j'oublie les tables de multiplication quand j'en ai besoin ? C'était si facile pour moi de raisonner, avant. Où est passée la règle de trois ? Où est passée mon intelligence ? Devant une feuille d'examen, qu'est-ce qui se passe entre les deux oreilles de Ludovic Mercier ?

Il écrit. Il écrit tout cela. À la hâte.

Depuis quand est-ce que je me pose ces questions ? écrit-il encore.

Depuis que, dans la colonne Effort, les A montagneux se sont métamorphosés en des C ouverts et noirs comme des grottes, et en des D dont la forme

imite celle, funeste, d'une falaise. Pas encore de E.
Les trois plates-formes pour les trompe-la-mort,
ce sera pour une autre fois. Parce que la descente
sans appel, je le sens, ne fait que commencer.

Après s'être relu, il remet sa feuille à Dame Hausman. Lunettes au bout du nez, celle-ci parcourt le début du texte avec une mine ennuyée. Puis, graduellement, son regard change. Elle porte l'index à sa bouche, reprend sa lecture, pose le papier sur la table et se dirige vers la fenêtre.

— Si c'est pas correct, je peux essayer d'écrire autre chose, dit Ludovic.

— Non, c'est bien, répond Dame Hausman. Ces lettres transformées en allégorie alpine : jolie trouvaille... Toutefois, vous avez commis une erreur lexicologique. Les A sont plus montagnards que montagneux, et si vous aviez écrit que la forme du D «épouse» et non « imite » celle d'une falaise, vous y auriez gagné en précision. Mieux encore, pour accentuer l'allitération, vous auriez pu écrire «... et en des D, à la forme funeste d'une falaise ». Mais l'effort est louable, je le reconnais en tant que votre... première de cordée.

Tapant une fois dans ses mains, Dame Hausman annonce que la leçon est finie, et qu'elle attend Ludovic demain à la même heure.

Confondu par le bruit des mains qui claquent, Charbon accourt au salon. En voyant surgir la grosse masse noire, le garçon a un instinctif mouvement de recul.

L'enseignante calme la bête d'un geste.

— Couché, Charbon.

Elle tourne ensuite un regard sévère en direction de son élève.

— Ne jamais montrer sa peur, dit-elle.

— Oui, répond le garçon, je sais. Les chiens sont…

— Avec tout le monde. La peur qui se voit vous réduit au rang des victimes, de ceux qu'on peut dominer, diriger, manipuler.

— Ça ne se contrôle pas toujours, Dame Hausman.

— Vous avez peur de moi.

— Un peu.

— Ce sera donc votre travail en venant ici : ne pas me montrer votre peur jusqu'à ce qu'elle disparaisse. Il en va de même avec Charbon.

— Mais quand on n'a plus peur, on arrête d'obéir…

L'enseignante lève les yeux au ciel en clignant rapidement des yeux.

— Vous confondez peur et respect, jeune homme. Respectez tout le monde ; ne craignez personne.

Ludovic s'approche de la table où se trouvent toutes sortes d'outils qu'il n'a jamais vus.

— Est-ce que je peux vous demander ce que vous faites, Dame Hausman ?

— Je répare des livres.

Elle lui montre un objet fait de trois lourdes pièces de bois ressemblant à des pieds de table montées en forme de H. Sur la partie centrale du H reposent les pages d'un livre.

— Ceci est un cousoir, un vieil instrument qui, comme son nom l'indique, sert à coudre ensemble les pages des cahiers qui formeront le livre.

— Elles sont cousues ?

— Cousues et collées.

Ludovic inspecte le bouquin sur lequel travaille Dame Hausman. Le cuir rouge de sa couverture a été retiré et repose sur un banc comme la peau d'un animal écorché.

— Le livre que vous réparez n'a pas de titre.

— Oh si ! Il en a un. Et parmi les plus beaux ! Je l'inscrirai seulement quand j'en aurai terminé. Il sera gravé en lettres dorées sur cette partie entre les deux saillies de l'épine qu'on appelle un entre-nerf : *L'ingénieux chevalier Don Quichotte de la Manche*.

— Ah oui ! sourit Ludovic. Le fou qui se bat contre les moulins à vent…

Dame Hausman tourne un regard sombre vers son élève.

— Quel ânerie avez-vous osé proférer, malheureux ? dit-elle en marchant sur lui. Sachez que si le noble hidalgo était ici, il vous aurait déjà enfoncé vingt centimètres de lame dans la panse, vous pourfendant plus rapidement que d'Artagnan à la défense de son roi ou Cyrano à celle de son nez ! Votre remarque est aussi sotte qu'elle est injuste, et Don Quichotte de la Manche n'aurait, lui, assurément pas reculé devant Charbon. Ayant, à ses yeux, affaire à un loup ou à un ours enragé, il l'aurait menacé de sa lance, il l'aurait affronté en le regardant droit dans les yeux. Il n'aurait eu de cesse qu'après l'avoir terrassé, et puis-je savoir ce qui vous fait sourire aussi bêtement ?

— Vous m'avez dit que je devais apprendre à ne pas avoir peur de vous. Je me pratique.

Dame Maud Hausman ferme les yeux.

— Hors de ma vue, gredin, grommelle-t-elle.

Plutôt que de descendre la rue jusque chez lui, Ludovic se rend à la bibliothèque. Sa curiosité a été piquée par Dame Hausman quand elle a comparé Don Quichotte à d'Artagnan. Le garçon raffole des histoires de cape et d'épée. Il ne rate jamais les films du chevalier de Lagardère et a lu toutes les aventures en bandes dessinées de Capitan.

L'épaisseur du Don Quichotte qu'il emprunte, loin de l'inquiéter, le ravit.

En sortant de l'édifice, une question s'impose : quel chemin emprunter ? Descendre cette rue jusqu'au boulevard et tourner à gauche constitue l'itinéraire le plus court alors que le plus sûr est de remonter vers la ruelle et de s'engager dans un parcours improvisé.

Il opte pour la seconde solution. Mais à deux rues de chez lui, surgissent le démon chauve et le gnome.

— Salut, la moumoune.

Ludovic regarde autour de lui : aucune issue possible. Il se fige. Son esprit l'abandonne encore une fois. Sourire aux lèvres, les deux brutes avancent en tapant du poing dans leur main ouverte. Le garçon a de la glace dans les veines, les pieds collés au sol et les bras sou-dés au corps. Vif comme un chat, le plus grand passe derrière lui et l'emprisonne. Par-dessus l'épaule de Ludovic, un ordre est lancé par le démon chauve à son comparse, trop heureux de l'exécuter.

— Fesse-lé dans le ventre !

Dehors, il fait noir. Je descends la rue. J'ai une violente douleur à l'abdomen que je ne m'explique pas. Mes parents me demandent comment s'est pas-sée ma leçon chez Dame Maud Hausman et je réponds « correct ».

Aussitôt, mon père me reprend : «Correcte-ment, Ludovic. La leçon s'est passée correc-tement. » Je réponds : « C'est vrai. Merci, papa. »

Avec mon père, il faut toujours répondre merci. Que ce soit après une récompense ou une punition, il faut toujours répondre merci, par gratitude pour ce qu'il fait. Que ce soit agréable ou pas, ce que mon père fait est toujours pour notre bien.

Dame Hausman tient la feuille de Ludovic entre deux doigts.

Ce vendredi de la mi-décembre a passé rapidement. Cependant, comme chaque jour depuis le début de l'année, Mlle Lavigne, son institutrice, a souvent ramené l'attention de Ludovic à la leçon en cours.

— Ludovic, tu n'es plus avec nous. Allô? La Terre appelle Ludovic ?

Les rires ont éclaté. Ludovic a été brusquement ramené de ce lieu où il se mesure sans cesse à des créatures monstrueuses, gnomes et démons chauves, brutes et bourreaux. D'où viennent ces barbares qui vivent dans sa tête ? Qui sont ces êtres qui s'emparent de son corps et le balancent dans le vide, et où rien ni personne ne lui viendra en aide ?

— Ludovic ?

La voix de Dame Maud Hausman.

— Je viens de lire votre texte.

Les lèvres de l'enseignante forment une moue souriante.

— Dès le moment où vos idées quittent votre tête pour le papier, elles ne sont plus tout à fait vos idées. Vos mots révèlent des choses que vous ne pensiez pas nécessairement divulguer, mais qui se mêlent à ce que vous avez écrit. Comprenez-vous ?

— Je pense que oui.

— Redites-le-moi… en vos mots.

— Les mots sont pas aussi précis…

— Les mots NE sont pas…

— Les mots ne sont pas aussi précis que les idées et les idées n'ont pas besoin de mots pour exister. Une idée, on peut la dire en dessin. Mais un mot, ça n'existe pas sans une idée.

Le garçon cesse de parler un moment. Puis il ouvre de grands yeux comme s'il venait de découvrir une importante vérité.

— Mais des fois, sans qu'on le sache, il y a des idées qui se cachent dans les mots. Et elles disent des choses à propos de nous qu'on ne savait pas.

Dame Maud ferme les yeux et fait quelques pas dans la pièce, les mains jointes au centre de son visage. Depuis plus d'un mois qu'elle suit Ludovic Mercier, l'enseignante ne cesse de s'étonner de la profondeur de ses réflexions et de s'affliger de la médiocrité de ses résultats scolaires. Elle a même rencontré son institutrice. En vain. La jeune femme est aussi déconcertée que l'enseignante par ce qui affecte cet enfant dont le dossier, jusqu'à cette année, n'était rien de moins qu'exemplaire.

— Je commence à me demander si ce n'est pas moi, la cause de son problème, s'inquiète Mlle Lavigne. C'est ma première année d'enseignement, vous savez. Peut-être que je ne sais pas m'y prendre, peut-être que je ne suis pas vraiment faite pour enseigner.

— Ne dites pas de bêtises, répond fermement Dame Maud Hausman en prenant congé. Si vous ne saviez pas enseigner, toute la classe souffrirait de votre incompétence, et non un seul élève. Il suffit de mettre les pieds ici, même quand l'endroit est vide, pour reconnaître l'excellente pédagogue que vous êtes. Cet endroit sent le travail et le bonheur, ingrédients indispensables à la réussite de ces diablotins. Allons, vous êtes une excellente institutrice.

— Merci, Dame Maud, répond la jeune enseignante. Qu'allez-vous faire ?

— Découvrir au plus vite ce qui accable ce garçon.

Parcourant les premières lignes du texte de Ludovic, Dame Hausman pousse un profond soupir avant d'en résumer l'essentiel.

— Vous racontez donc votre retour chez vous, dit-elle. La première chose qui frappe, si j'ose dire, est votre inexplicable douleur au ventre. Était-elle due à la faim ?

— Non.

— Une indigestion qui commence ? Des brûlures d'estomac ?

— Non.

— La nervosité alors ?

— Je pense pas.

— …

— Je ne pense pas.

— Alors d'où est-ce que ça venait, Ludovic ?

— J'ai écrit : *une violente douleur à l'abdomen que je ne m'explique pas.*

— Parlez-moi de votre père. Autoritaire, exigeant. Est-il autre chose pour vous ?

— C'est mon père et je l'aime.

— Dans votre texte, on sent plutôt de la crainte, au mieux du respect. Mais de votre amour pour lui, je n'en vois pas l'ombre. Vous allez reprendre cette rédaction et y ajouter une phrase, un détail, une anecdote, quelque chose qui informera votre lectrice de l'amour que vous éprouvez à l'endroit de votre père ainsi que de son amour pour vous.

L'enfant prend la feuille et se met au travail. Au bout d'un quart d'heure, il tend une nouvelle copie à sa tutrice.

Dehors, il fait noir. Je descends la rue jusque chez moi avec, au ventre, une violente douleur que je ne m'explique pas. J'attends qu'elle passe pour ne pas qu'elle se voie. Ça inquiéterait trop mes parents.

Ils me demandent comment s'est déroulée ma leçon chez Dame Maud Hausman et je réponds « correct ».

Aussitôt, le regard rempli d'amour, mon père me reprend.

— Correctement, Ludovic. La leçon s'est pas-sée correctement.

— Merci, papa.

Avec mon père, il faut toujours répondre merci. Que ce soit après une récompense ou une punition, il faut toujours répondre merci, par gratitude pour tout ce qu'il fait par amour pour nous. Que ce soit agréable ou pas, ce que mon père fait est toujours pour notre bien. Parce qu'il nous aime.

Dame Maud approuve en dodelinant de la tête.

— L'amour est présent, déclare-t-elle. Cependant, il émane du narrateur, de sa vision des choses. La prochaine fois, il faudra me raconter une histoire mettant en lumière l'amour de votre père pour vous par un geste qu'il a posé. Un écrivain du nom d'André Mal-raux soutient qu'il n'y a pas d'amour, seule-ment des preuves d'amour. Celui que vous éprouvez pour vos parents, je l'ai vu dans ce désir de cacher votre mystérieuse douleur afin de ne pas les inquiéter. J'aimerais que vous me donniez une preuve de l'amour que votre père vous porte.

— Je suis ici, non ?

Dame Maud pousse un autre long soupir et s'assoit à sa table.

— Et où en êtes-vous avec le chevalier à la Triste Figure ?

— Don Quichotte ? Je voulais vous dire : mes parents trouvent que je ris un peu trop en lisant cette histoire.

— Bien sûr qu'on rit ! s'exclame Dame Maud. On s'esclaffe des travers de l'homme de la Manche parce qu'il affronte le monde d'une manière incongrue, extravagante, très personnelle et, disons-le, saugrenue. Cela surprend et ce qui surprend fait souvent rire. Mais qu'ils ne s'y trompent pas. Le *Don Quichotte* de Cervantès est aussi un livre grave avec d'importantes leçons.

— Je trouve que Don Quichotte ne gagne pas souvent ses combats.

— Il gagne. Parfois. Mais ce qui compte, Ludovic, c'est l'affrontement et la manière d'affronter, pas le résultat. Ce que Don Quichotte nous dit dans son langage fantaisiste, c'est qu'il faut toujours fixer l'ennemi dans les yeux et hurler de toutes ses forces : « Sus aux géants ! »

— Et enfoncer sa lance dans l'aile d'un moulin à vent !

— Parfaitement ! Il n'y a aucune honte à se retrouver les quatre fers en l'air quand on a fait ce qu'on avait à faire.

Le garçon parcourt des yeux la table de travail jonchée d'outils et de pots. Le livre de Cervantès s'y trouve toujours, démembré, mais plusieurs cahiers sont maintenant regroupés.

— Vous n'avez pas encore terminé.

— C'est un travail qui demande patience et minutie.

— Est-ce qu'il est à vous ou c'est une réparation pour quelqu'un ?

— Ce livre est à moi, mais j'en répare parfois pour les autres. Le samedi, je vais dans les marchés aux puces, les encans. Lorsque je repère un livre que j'aime, je parle d'un vrai livre, mais qui se trouve fortement abîmé, je l'achète et je l'emporte chez moi. Je l'examine, je le soigne et quand il est rétabli, je lui fais le plaisir de le lire, ou de le relire, avant de le ranger dans ma bibliothèque où il coulera des jours heureux.

— Vous en parlez comme s'il était vivant, Dame Maud.

— Les livres sont plus vivants que beaucoup d'êtres humains. Les livres ressentent la douleur des hommes, les livres rient et pleurent, ils s'ennuient, se réjouissent. Les livres vivent et, sauf exception, ils meurent.

— Il y a des livres qui ne meurent pas ?

— Celui que vous lisez en ce moment sera encore lu dans cent ans.

Debout devant la fenêtre du salon, Dame Maud regarde Ludovic traverser la rue. Éclairé par la lumière grise du lampadaire, il enjambe un banc de neige et disparaît dans la nuit.

Depuis plus d'un mois qu'il est ici, écrit-elle dans son journal, *Ludovic écrit sans faute, raisonne comme il n'est pas permis à cet âge, s'exprime avec une clarté confondante, résout n'importe quel problème de logique et se souvient de faits historiques importants et de leurs conséquences sur l'avenir de son pays. Et pourtant, il échoue lamentablement aux examens. Je ne peux m'empêcher de me demander à mon tour ce qui se passe entre les deux oreilles de Ludovic Mercier.*

L'enseignante abandonne son journal pour se remettre à son travail de relieuse. Une fois la couture du livre terminée ainsi que l'encollage, il lui restera à remettre en place la couverture de cuir rouge et ce livre sera comme neuf.

Elle inscrira alors le titre en lettres dorées :

L'INGÉNIEUX CHEVALIER DON QUICHOTTE DE LA MANCHE

Elle se réjouit de la fascination qu'exerce ce livre sur son élève. Chaque jour, depuis qu'il vient ici, il le regarde, le palpe, en caresse l'épine du bout des doigts.

« Est-ce le livre qui l'intéresse ou ce que j'en fais ? »

Avant de se mettre au lit, Dame Maud ajoute quelques lignes à son journal.

Le fier hidalgo et Ludovic partagent quelque chose, une manière d'affronter la vie. Mon élève évolue dans son propre univers tout comme Don

Quichotte. Peut-être s'invente-t-il des ennemis, des adversaires fantastiques qui ne sont là que pour le faire se mesurer au monde ? Ou peut-être pas…

Saisie par une pensée audacieuse, la vieille dame s'éloigne de sa table de travail comme si elle cherchait à semer l'idée qui lui colle à l'esprit. Elle reprend la plume.

Mais plus le héros l'affronte, plus son univers se dérobe. Et si c'était lui qui se dérobait, qui le fuyait, au contraire, est-ce que sa réalité ne chercherait pas à s'imposer ? Par ses combats, Don Quichotte veut gagner le cœur de sa Dulcinée que jamais il ne rencontra. En fuyant, Ludovic cherche-t-il aussi à gagner quelque chose ? Ou à le préserver ?

L'enseignante se lève et marche une nouvelle fois jusqu'au salon. Le front appuyé à la grande fenêtre, son abondante chevelure grise couvrant en partie les côtés de son visage, elle se revoit jeune dans le reflet de la vitre. Elle cherche dans ses souvenirs le nom de l'élève qui se battait presque chaque jour dans la cour de récréation. À cette époque, Dame Maud Hausman n'était qu'une toute jeune *Mam'zelle* Hausman d'à peine vingt ans. Comment s'appelait ce garçon si brutalement amoureux d'elle ?

Jean-Claude Bulliard ! Un nouveau qui n'est resté qu'une année à l'école.

Elle le revoit parfaitement : yeux tristes aux cernes violacés et profonds, cheveux de jais. Un incorrigible batailleur. En apprenant la raison de son comportement, la jeune enseignante y avait mis un terme.

Jean-Claude Bulliard s'inventait des torts dans le seul but d'entraîner les autres garçons dans un combat et d'impressionner, croyait-il, son enseignante, sa Dulcinée.

— Et si au contraire, dit-elle à son reflet, Ludovic se cachait d'ennemis bien réels afin, non de gagner, mais de ne pas perdre le cœur de quelqu'un ?

L'enseignante secoue la tête en battant vivement des paupières.

— Vous êtes en plein délire, Dame Maud Hausman. Vous ne valez pas mieux que l'Homme de la Manche, perdu par la lecture de trop de romans de chevalerie. Votre tâche est de libérer ce brillant élève retenu prisonnier par Dieu sait quel sortilège.

Le lendemain soir, comme d'habitude, les deux coups de sonnette de Ludovic font aboyer Charbon. À son entrée, le chien, la queue branlante, se jette sur lui.

— Non, ordonne Ludovic. Couché, Charbon.

Il flatte l'animal derrière l'oreille en lui répétant plusieurs fois : « Bon chien, bon chien… » Charbon avance le museau pour sentir Ludovic et le heurte accidentellement aux côtes. Le garçon grimace de douleur.

Son manteau rangé dans la penderie, Ludovic s'installe à la table, ouvre son sac et attend. Croyant que sa tutrice en a pour un moment à installer Charbon dans une chambre, il soulève son chandail pour examiner son torse. Image furtive du gnome et du démon chauve. Un poing, des pieds. L'image s'évanouit.

— J'ai pensé qu'aujourd'hui nous pourrions...

Apparaissant dans la pièce, Dame Maud s'interrompt quand elle aperçoit le garçon qui remet vite son vêtement en place. D'un pas décidé, elle marche jusqu'à lui.

— Ludovic...

— Je n'ai rien.

— Ludovic...

— Rien.

L'enseignante se résigne.

Elle prend son livre sur la table de travail, le pose devant le garçon.

— Don Quichotte est un drôle de bonhomme, dit-il en tournant les pages. Mais il n'est pas si fou quand il prend la défense de Marcelle, la bergère que les villageois accusent d'être responsable du suicide de Chrysostome.

— Et comment décririez-vous Don Quichotte maintenant ?

— Il est... différent, il voit les choses autrement.

190

— Rappelez-vous le moment où, se croyant dans un château alors qu'il est dans une auberge, il demande à l'hôtelier, qu'il prend pour le châtelain, de le sacrer chevalier. Il voulait être chevalier, il a pris les moyens pour y arriver.

— C'est ça qu'on fait quand le monde n'est pas comme on veut, murmure le garçon.

— La première fois que j'ai lu *Don Quichotte*, dit l'enseignante, j'ai trouvé étrange que cet hôtelier se prête à son jeu.

— Parfois, c'est mieux de jouer le jeu.

— C'est vrai. Mais Don Quichotte va rencontrer des gens qui ne joueront pas le jeu.

— …

— Parfois, cela se terminera par de violents combats.

— Qu'il ne peut pas toujours gagner, même dans son monde de rêve.

— Tout juste.

Silence.

— Décrivez-moi votre monde de rêve, Ludovic.

— …

— Vivez-vous des choses comme… Don Quichotte ?

— Un peu. Mais moi, j'en reviens. Lui, il reste là. Toujours.

Un nouveau silence.

— Et vous, Dame Maud ?

— Mon monde de rêves ? Celui-là.

La vieille dame désigne la bibliothèque qui couvre le mur du salon.

— Dans quelques jours, quand j'aurai terminé ce *Don Quichotte*, j'ai décidé que j'allais vous en faire cadeau, Ludovic. Un cadeau d'adieu en somme.

Le garçon ouvre de grands yeux.

— Un cadeau… d'adieu ?

— Mon jeune ami, dit l'enseignante, je ne peux rien pour vous. Lorsque vous êtes ici, vous démontrez de réelles capacités dans toutes les matières et même au-delà. Je me fais l'effet d'être malhonnête en persistant à vous donner des leçons dont vous n'avez jamais eu besoin. Pourquoi vous ne pouvez répéter vos performances quand vous êtes en classe me dépasse totalement. J'ai cru à un moment que j'arriverais à comprendre…

— Ce sont les douleurs, dit vivement le garçon. Ces marques que j'ai sur le ventre…

— Oui ? Et d'où viennent-elles ?

— Je ne le sais pas, Dame Maud, je vous le jure. Des fois, j'ai des images…

— Alors vous devez dire à vos parents qu'ils vous emmènent à l'hôpital.

— Non, ça va les inquiéter. Promettez-moi de ne pas leur en parler. Je ne sais pas pourquoi, mais il ne faut pas… Ils ne doivent pas savoir.

L'enseignante promet. Le garçon se rend à la penderie et enfile sa canadienne.

— Vous avez promis, dit-il avant de quitter la maison.

Les oreilles pendantes et la mine basse, Charbon avance vers l'élève de sa maîtresse. Celui-ci sort sans le regarder. Le chien tourne vers l'enseignante un visage où elle lit un reproche.

— Mais je n'ai rien fait, se défend-elle.

Quelques heures plus tard, Dame Maud téléphone aux parents de Ludovic et leur annonce que ses cours sont terminés. Elle est désolée, mais le garçon ne progresse pas et elle se sent impuissante à l'aider.

Durant deux semaines, elle ne reverra pas Ludovic. Quelquefois, elle téléphonera chez lui, le priant de venir chercher son cadeau mais, chaque fois, il prétextera un empêchement. Elle n'insistera pas.

Puis un soir, alors qu'elle examine une copie délabrée de *La Fille du capitaine* de Pouchkine, le téléphone sonne. Espérant qu'il s'agit enfin de Ludovic qui annonce sa visite, elle se précipite pour répondre. Hélas, au bout du fil se trouve son amie qui lui a confié le livre à réparer. Ex-grande danseuse des Bolshoï qui s'est réfugiée au pays avec son mari et son fils dans d'étranges circonstances, celle-ci insiste pour faire réparer ce livre puisque c'est l'une des seules choses qu'elle ait gardée de sa vie en Russie.

L'œil expert de Dame Maud évalue l'étendu des dommages.

— Très abîmée, la basane, dit-elle.

— …

— La peau de mouton qui orne la couverture de votre livre. Elle devra être remplacée. Une partie de la couture et la tranchefile sont à réparer. Par contre, je vois que les couleurs de garde sont à peu près intactes. Combien êtes-vous disposée à…

Deux coups de sonnette précipités interrompent l'enseignante. S'excusant auprès de son amie, elle pose le combiné et marche vers la porte alors que la sonnette retentit de nouveau sous les aboiements de Charbon.

En ouvrant la porte, Dame Maud étouffe une exclamation horrifiée. Le nez ensanglanté, la lèvre supérieure enflée, la pommette droite tuméfiée, Ludovic titube et grelotte.

— Dame Maud, j'ai essayé de ne pas avoir peur.

— Mon Dieu ! Que vous est-il arrivé, Ludovic ? Entrez ! Qui vous a fait ça ? Retirez vos bottes ! Venez vous asseoir !

Dame Maud prend le téléphone.

— Une urgence, madame Koulakov. Je vous rappelle.

Après avoir raccroché, elle court à la salle de bains et revient avec un linge mouillé pour nettoyer le visage de son élève. Le nez saigne, la lèvre supérieure est fendue en deux endroits, un bleu de bonnes proportions orne la pommette, mais rien ne semble cassé.

— Depuis le début de l'année, raconte Ludovic, c'est comme ça. Je le sais, je l'ai toujours su. Au début, c'était rien que de temps à autre. Mais maintenant, ils me retrouvent presque chaque jour et ils me battent.

— Qui ?

— J'en sais rien.

— Ils ne vont pas à votre école ?

— Je les aurais reconnus.

— Savez-vous pourquoi ils font ça ?

— Pour s'amuser, je pense. Ils disent toujours la même chose quand ils me battent : « Salut la *moumoune* » et « Fesse-le dans le ventre ! ».

— *Fesse-le dans le ventre ?*

— Ce soir, reprend-il, ils m'ont frappé au visage pour la première fois. Le plus petit des deux avait l'air enragé. Quand j'ai senti son poing sur l'os de ma joue, je me suis dit : « Il va me tuer. » Il m'a frappé dans le ventre, deux fois, plein de fois, je pouvais plus respirer. Je veux dire : je ne pouvais plus respirer.

— Ludovic, dit Dame Maud en levant les yeux au ciel, pour le reste de la soirée, vous

195

êtes dispensé d'une syntaxe impeccable. Continuez.

— J'ai reçu un coup sur le menton et un autre sur le nez. En voyant mon sang sortir, il a hurlé. Je sais pas s'il a eu peur ou s'il triomphait. Là, le démon chauve, m'a donné un coup de genou dans le dos, et je suis tombé par terre. Ils sont restés là. Puis un des deux a dit : « À demain, la moumoune ! » et l'autre m'a donné un coup de pied sur la cheville.

— Pourquoi n'avoir jamais rien dit à vos parents ?

— Mon père aurait répondu la même chose qu'il dit toujours à mes frères : « Défends-toi. » Mon père trouve qu'on doit apprendre à se défendre dans la vie. Il a raison, personne va se battre à ma place. Tout le monde est fort chez nous. Juste moi qui sais pas me battre. Je sais que mon père, s'il apprend ce que les autres me font, il va pas être content… Pour lui, soit t'es courageux, soit t'es un pissou.

— Je vais les prévenir, dit l'enseignante en se levant.

— Dame Maud…

— …

— On pourrait pas inventer une raison pour que je reste ici, ce soir ? Il ne faut pas qu'on me voie comme ça chez nous. Ni mon père ni mes frères. Personne.

L'enseignante hésite.

— Je vais voir ce que je peux faire.

Prenant le téléphone de sa chambre, Dame Maud Hausman appelle les parents de Ludovic. En quelques mots, elle met le père au courant de la situation. Ce dernier veut absolument venir chercher son fils, mais l'enseignante le convainc qu'il vaut mieux le laisser ici. Leur fils consent enfin à affronter la réalité et à s'ouvrir sur ce qui ne va pas. Et il l'a choisie, elle.

M. Mercier demande à parler à Ludovic.

— Écoute, dit-il quand le garçon prend l'appareil. Je ne sais pas trop comment te dire ça, mais t'es aussi important pour moi que tes frères et tes sœurs, tu sais. Dorénavant, un de tes frères va aller te chercher, et un autre va te reconduire jusqu'à ce que ces deux garçons-là soient retrouvés. Après ça, tu laisseras tes frères s'arranger avec eux.

Le garçon raccroche et explique à l'enseignante l'idée qu'a eue son père.

— Je me demande ce que Don Quichotte penserait de tout ça, dit-il en souriant, puis en poussant un cri de douleur quand sa lèvre ouverte se remet à saigner.

— Il accepterait sans doute l'aide de vos frères, répond Dame Hausman. Mais il exigerait qu'ils soient d'abord sacrés chevaliers.

— Et de se battre à leurs côtés.

L'enseignante et son élève parlent long-temps ce soir-là. De la famille de Ludovic principalement. Mais le garçon questionne aussi Dame Maud sur sa vie.

Oui, elle a toujours voulu être une institutrice. Non, elle ne s'est jamais mariée, préférant consacrer sa vie aux enfants des autres.

— J'ai commencé à enseigner en France, en 1919, raconte-t-elle. En Europe, au début des années 1940, une poignée d'individus ont eu un jour une singulière idée : enfermer dans des ghettos tous ceux dont le nom de famille était juif. J'étais institutrice, j'ai donc continué à prendre soin des enfants qui avaient des noms juifs. Puis ce furent les camps. Quand on nous libéra, je n'avais qu'une envie : quitter l'Europe. J'ai mis quatre ans à économiser l'argent pour mon ticket de bateau et je suis arrivée ici où j'ai enseigné pendant onze ans. Depuis la retraite, je relie et relis des livres tout en donnant quelques leçons.

L'enseignante sourit à la vue du garçon qui dort à poings fermés. Elle recouvre d'un édredon ce corps meurtri et passe le quart d'heure suivant au téléphone à convaincre Mme Mercier qu'il est préférable de laisser son fils dormir chez elle. Puis elle lui explique pourquoi, selon elle, Ludovic a refoulé au fond de sa mémoire les raclées que lui infligeaient les deux brutes.

— Vous voulez dire qu'il choisissait de ne pas se rappeler ce qui lui arrivait ? demande la mère.

— Parce qu'il se sentait impuissant, sans recours. C'était la seule solution pour quelqu'un qui se sent coincé entre deux feux. En niant ce qui lui arrivait, il se protégeait du traumatisme ainsi que de la déception qu'il vous causerait. Toutefois, la psyché humaine fonctionne d'étrange manière : ses résultats scolaires ont hurlé à sa place. Dès la naissance, par instinct, nous fuyons la douleur. Ludovic a suivi le sien avec les moyens dont il disposait.

Puis les deux femmes passent une heure à évoquer différents moyens pour aider le garçon à s'extirper de cette situation sans le faire à sa place.

C'est en jetant un regard sur le livre détérioré de Pouchkine qu'une idée prend forme dans l'esprit de l'enseignante. Elle en confie aussitôt les grandes lignes à la mère de son élève, mais celle-ci se montre sceptique.

— Je suis certaine de ce que je dis, insiste Dame Maud. Et puis le sac de votre fils est toujours rempli à craquer.

Après une brève discussion avec son mari, la mère accepte enfin de tenter le coup.

— Mais mon mari insiste pour qu'on ait un deuxième plan, ajoute la mère, au cas où le vôtre ne fonctionnerait pas.

Tous les trois reconnaissent que dans tout cela, une seule variable ne peut être contrôlée : les deux brutes seront-elles au rendez-vous ? Convaincue que oui, Dame Maud Hausman passe une partie de la nuit à mettre au point sa part du plan.

Le matin, après déjeuner, l'enseignante remet enfin son cadeau à Ludovic. Rayonnant de joie, celui-ci prend le Don Quichotte en la remerciant. Puis il tente de faire entrer le volume dans son sac, mais sans succès.

— J'ai une idée, dit l'enseignante.

À son arrivée à l'école, on questionne évidemment Ludovic sur son hématome et sa lèvre fendue.

L'avant-midi se passe comme à l'habitude, en leçons et travaux. À midi, le garçon se rend chez lui, sans encombre, et reçoit les baisers de sa mère et de sa grande sœur. Cependant, bien qu'il en raffole, il touche à peine à son pâté chinois. Une inexplicable appréhension grandit en lui au fur et à mesure qu'approche l'heure de repartir.

Relisant les pages préférées de son *Don Quichotte*, celles où il est décrit en détail le duel que livra le chevalier à un certain Biscayen, Ludovic referme le livre sur le coup d'une heure moins le quart et, se sentant étrangement d'attaque, il embrasse sa mère et prend le chemin de l'école.

En route, le garçon mime le combat de l'hidalgo contre le Biscayen. Il entend le bruit des épées s'entrechoquant, les jurons poussés par les deux adversaires... et la voix redoutée quand celle-ci surgit de nulle part.

— Surprise, la *moumoune* ! On t'avait dit qu'on te reverrait aujourd'hui ! Tu pensais que notre rendez-vous serait à soir, hein ? On a décidé de faire changement...

Ludovic sait ce qui l'attend. La peur va le plonger dans l'état de stupeur habituel et ils vont le frapper, encore et encore. Il se prépare à avoir mal, une fois de plus. Or, à son étonnement, rien ne se produit ou plutôt, un sentiment étrange et nouveau le pousse à avancer vers ses deux ennemis.

— Approchez ! s'écrie-t-il. Allez, venez-vous-en !

Pris de court, les deux brutes échangent un regard stupéfait puis éclatent de rire en marchant vers cette chose qui leur résiste pour la première fois.

— Ça vous va bien, le rire ! dit Ludovic, mains à la taille et jambes écartées. Quand vous riez, ça vous donne l'air presque intelligent !

Assez loin derrière, une dame observe la scène en priant tous les saints du ciel pour que son plan fonctionne.

Écumant de rage, celui que Ludovic appelle le gnome court droit sur lui et lui décoche un formidable coup de poing l'atteignant en pleine poitrine. Le garçon recule d'un pas tandis que le gnome, les yeux agrandis par la douleur, se prend la main et se met à danser en hurlant.

— Ma main ! Elle est brisée ! Hugo ! Fais quelque chose !

Ne sachant que faire, le dénommé Hugo reste un moment interdit, ce qui laisse assez de temps à Ludovic pour ouvrir son manteau et sortir de son pantalon le Don Quichotte que Dame Maud y avait inséré. Le tenant à deux mains au-dessus de sa tête, il franchit la distance le séparant du démon chauve.

— Sus aux géants ! s'écrie-t-il.

Et sans s'arrêter, il frappe son tortionnaire de côté, à la mâchoire, et le regarde tomber sur la neige. Il relève le livre et en assène un nouveau coup sur la tête de Hugo, le démon chauve. Le colosse émet un gémissement et, se protégeant de son bras replié, supplie Ludovic de ne plus le frapper. Sourd aux appels à la pitié, le garçon s'apprête à abattre le livre sur son bourreau une troisième fois quand une main l'arrête.

— Non, Ludovic, dit Dame Maud Hausman. Ils ont compris, je pense. N'est-ce pas, jeunes hommes ? À moins que vous ne jugiez indispensable que notre ami ici vous fasse profiter d'un autre « passage » du livre ?

Ne sachant à quelle question répondre, les deux tristes sires, gisant dans la neige, font piteusement oui et non de la tête.

— De toute façon, dit l'un des deux garçons surgis de nulle part, si vous ne comprenez pas, on peut toujours ajouter une autre édition.

Les deux frères entourent Ludovic. Ce dernier se retourne et aperçoit l'enseignante qui s'éloigne.

— Merci, Dame Maud ! dit Ludovic.

Celle-ci se retourne.

— C'est MA DAME Maud, Ludovic, dit-elle. Aujourd'hui, je crois avoir été la dame de vos pensées comme vous fûtes le chevalier des miennes.

À l'école, la rumeur court déjà que deux élèves de l'école Marie-des-sept-douleurs ont eu quelques os brisés par un malabar qui fréquente l'école Marie-la-Garde. Ludovic sourit intérieurement jusqu'à ce qu'il apprenne que la police a reçu une plainte des parents des garçons et que deux agents s'en viennent à l'école fouiller les bureaux et les casiers. Ils doivent mettre la main sur l'arme du crime, décrite à contrecœur par les deux victimes qui ne tiennent pas beaucoup à ce qu'on retrouve celui qu'ils ont martyrisé durant des mois. La rumeur prétend que l'école de réforme guetterait le propriétaire du livre.

Un urgent besoin d'aller aux toilettes permet à Ludovic d'entrer dans la bâtisse et de rechercher un endroit sûr pour cacher son *Don Quichotte*. Mais quand la cloche sonne, il n'a rien trouvé.

L'enseignante est déjà en classe avec les autres élèves quand Ludovic, n'ayant d'autre choix, balance son livre en haut des casiers et le recouvre d'un vieux coupe-vent troué pris dans la boîte des objets perdus.

Une heure plus tard, deux agents fouillent sommairement pupitres et casiers, mais ils ne trouvent évidemment rien. Ludovic sent couler dans son dos une sueur glacée quand il voit par la fenêtre de la classe un des policiers marcher en laissant traîner sa main au haut des casiers.

Ne le voyant pas revenir, il conclut qu'il n'a rien découvert.

Malheureusement, ce soir-là, à quatre heures, lui non plus ne trouve rien. Il a beau sauter en se tenant après la tablette du casier ou se hisser en posant le pied à l'intérieur, plus de trace de son *Don Quichotte*.

— Tu cherches quelque chose, Ludovic ? demande Mme Lavigne.

Le garçon fait signe que non et rentre chez lui, la mort dans l'âme.

Dans les jours et les semaines qui suivent, il rendra visite à Dame Maud Hausman, mais jamais il ne trouvera la force de lui avouer le triste sort qu'a connu son bouquin.

Puis l'enfant grandira et ses visites s'espaceront. Un jour, il apprendra le départ de Dame Maud Hausman.

Jamais il ne la reverra. Jamais il n'aura de ses nouvelles. Jusqu'à aujourd'hui.

Quand la cloche sonne, Ludovic entre dans l'école et trouve tout de suite le chemin du bureau de la directrice. Pauline Brunet l'attend et, en le voyant arriver, elle ouvre un tiroir pour en sortir le précieux livre.

— Ludovic Mercier, je présume ? dit-elle en lui remettant le *Don Quichotte*.

— Merci madame, répond-il. Vous ne saurez jamais ce que représente ce livre.

— Vos yeux en disent beaucoup. Vous remarquerez que la couverture s'est un peu déchirée, probablement quand le livre est tombé derrière le casier.

— Vous m'avez dit que vous avez trouvé mon nom et mon adresse à l'intérieur. C'est drôle, je ne me souviens pas de les avoir écrits.

— La personne qui a identifié votre livre est peut-être la même personne qui a laissé ceci entre les pages. Votre nom est écrit dessus.

Pauline Brunet tend une enveloppe à Ludovic. À l'intérieur, se trouve une lettre dont les mots tracés avec élégance laissent tout de suite deviner l'identité de son auteur.

Très cher Chevalier,

Il est plus que probable qu'à la lecture de cette lettre je ne compte plus au nombre des vivants. Néanmoins, c'est sans tristesse et avec beaucoup de fierté que je vous l'écris. Vous avez affronté le monde aujourd'hui, et vous avez cessé d'avoir peur. Je n'encourage jamais la violence, mais il existera toujours de ces individus qui, hélas, ne nous laissent pas le choix.

Cependant, la nouvelle de votre exploit s'est répandue comme une traînée de poudre avec les conséquences fâcheuses que cela peut entraîner. En entendant les enfants en parler, j'ai rebroussé chemin en direction de l'école et je vous ai aperçu, le livre à la main, cherchant un endroit où le dissimuler. Votre cachette était la meilleure dans les circonstances. Mais la mienne sera imprenable.

À l'intérieur du livre, j'ai écrit votre nom.

J'ai confiance, je sais que Don Quichotte saura vous retrouver.

J'ai emprunté un bout de papier à la secrétaire pour écrire cette lettre comme on jette une bouteille à la mer. Ce sera pour vous et moi une façon de nous retrouver un jour, par-delà le temps. J'ai songé à emmener le livre incriminant chez moi, mais cela me semblait risqué. On pourrait me voir, reconnaître le bouquin.

De nombreuses personnes savent que nous nous connaissons.

Si je veux glisser ma lettre dans la pièce à conviction avant de la faire disparaître et avant l'arrivée des policiers, je dois cesser d'écrire. Tâchons, cher Ludovic, de toujours nous conduire avec au cœur les valeurs de notre ami Don Quichotte à la Triste Figure.

Amitiés,

Votre Dame Maud Hausman

Ludovic replie la lettre et la glisse dans l'enveloppe.

— Quelque chose m'intrigue, dit Mme Brunet. Habituellement, le dessous de ces couvertures est en carton, parfois en bois. Or, en soulevant le livre, sa lourdeur m'a surprise. Et j'ai compris pourquoi en regardant la déchirure.

L'homme glisse un doigt dans l'ouverture du cuir.

— Incroyable, non ? demande la directrice. Pour quelle raison le relieur a-t-il choisi de fabriquer sa couverture avec des plaques de métal ?

— Pour le protéger ? sourit Ludovic.

l'homme
du cimetière

Le but même de l'art étant
d'immortaliser l'éphémère.
Dominique Fernandez

Un à un, Paulette, Théophile, Gramoun et Blozaire se glissent par l'ouverture de la clôture.

— Théo, tu restes près de moi, commande la fille au plus petit.

— Pourquoi ?

— T'es mon protecteur, dit-elle en souriant.

Silencieux comme une colonne de sioux, les quatre amis progressent à l'ombre des arbres vers l'arrière du cimetière. Là, se trouve la maison de celui à qui ils vont voler quelque chose, celui qu'ils ont baptisé *l'homme du cimetière*.

Chaque jour, l'homme du cimetière grimpe dans le même arbre et s'emploie à l'écorcher. À la fin de la journée, une fois le cadenas fixé à la chaîne de la grille, il ramasse les copeaux qui gisent au pied de l'arbre et les jette dans un sac qu'il entrepose avec d'autres dans sa remise. Paulette l'a souvent vu faire.

Il a commencé ce travail il y a quatre mois environ, peu de temps après que le maire eut proposé que l'arbre mort du cimetière soit abattu. L'homme est venu à l'hôtel de ville. L'arbre ne devait pas tomber. Il allait en solidifier la base et faire « quelque chose » avec le reste. Il parla avec une autorité telle que personne ne le contredit. La motion du maire fut rejetée, l'arbre mort, sauvé.

Depuis, l'homme du cimetière produit des copeaux de bois, en sciant, en grattant, en martelant. Il fait « quelque chose », mais personne ne sait quoi et personne ne demande.

Imitée par Théophile, Blozaire et Gramoun, Paulette se faufile, accroupie entre les pierres tombales. À quelques mètres devant eux se dresse un obélisque aux bas-reliefs joliment ciselés. Tout en haut, sur le pyramidion, inscrit en majuscules, le nom d'une des premières familles de l'île : PLANQUE.

L'endroit parfait pour se cacher.

— Blozaire ! murmure Paulette. On est à quelle distance, selon toi ?

Le garçon glisse un œil par-dessus l'aile d'un ange.

— Une bonne centaine de mètres.

De là où ils se trouvent, les enfants entendent le bruit de l'outil qui arrache aux branches d'épaisses pelures de bois.

— Tu crois qu'il va raboter tout l'arbre jusqu'à ce qu'il n'en reste plus rien ? demande Gramoun.

— Possible, répond Paulette. Mon père prétend que ça ne tourne pas rond dans sa tête.

— On va où ? demande Théophile.

— On se sépare, décide la fille. Théo, avec moi. Vous deux, surveillez le bonhomme. Gramoun, tu cours jusqu'à l'acacia, tu y grimpes et tu surveilles les environs. Blozaire, tu te rends à droite, la grande croix, pas plus près. Tu fais la même chose. S'il descend de son arbre, vous faites le cri du voronzaza.

— Et vous ?

— On va se rendre derrière la maison et trouver un objet à lui voler.

Au signal, Blozaire file vers la croix et Gramoun vers l'acacia. Se tenant par la main, Paulette et Théophile, quant à eux, rejoignent un arbre au faîte si rouge qu'on le dirait en train de se consumer. Là, Théophile reprend son souffle. Contournant plus loin la remise aux outils, le garçon fait remarquer à sa compagne que la porte est restée ouverte.

— On pourrait lui piquer une pelle, suggère-t-il.

La jeune fille relève un coin de sa lèvre supérieure en retroussant une narine. Ça lui prend autre chose, un objet plus significatif.

— Et puis, les pelles ne sont pas à lui. Elles appartiennent à la municipalité.

— On va lui prendre quoi, alors ?

Paulette sourit en haussant les épaules.

La fille et le garçon atteignent un imposant bosquet de rhododendrons et se glissent dessous. Tassés sous l'arbuste, les deux enfants découvrent l'arrière de la maison. Un cri de surprise s'échappe simultanément de leurs lèvres : les lieux sont une splendeur.

Des îlots aux formes arrondies enferment des plates-bandes exultant de couleurs. Disséminées sur le terrain, de grandes structures en bois blond ressortent dans l'éruption de vermeil, de bleu, d'or et d'orangé.

— Qu'est-ce que c'est, ces choses en bois ?

— Des pièges, sans aucun doute.

— L'homme du cimetière est sûrement très méchant.

— Sûrement.

— N'empêche : c'est beau chez lui !

— Il faut se méfier des apparences.

— C'est quand même joli.

— Oui.

Du côté où se trouvent les deux enfants, il leur est impossible d'apercevoir complètement l'arrière de la demeure. Paulette se tourne vers le petit.

— Je vais voir de l'autre côté de la maison. Reste ici.

— Je veux venir avec toi.

— Tu me seras plus utile ici. Si on vient, crie comme le voronzaza. Tu me le fais ?

Souriant, Théophile imite tout bas le cri du voronzaza. Selon une vieille légende de l'île, cet oiseau porterait les âmes d'enfants qui ne naîtront jamais. Son nom, qui signifie « pleurs

214

d'enfants », lui a été donné à cause de son chant qui ressemble aux sanglots d'un bébé.

Zigzaguant entre les monuments, Paulette dessine un arc de cercle qui la mène de l'autre côté de la maison. Elle ignore ce qu'elle va dérober à l'homme du cimetière. Et s'il n'y avait rien dans la cour ? Elle entrera dans la maison. Fenêtre ouverte ou soupirail, elle trouvera bien.

Elle fait quelques pas, le dos collé au mur et, parvenue derrière, elle se penche pour jeter un œil sur la cour.

— Eh bien ! pense-t-elle. Il ne s'est pas tourné les pouces.

Paulette fait quelques pas prudents sur la terrasse aménagée avec des pierres brisées multicolores. Quelle différence avec le reste de la cour ! Alors qu'ailleurs tout est fleurs, arbustes et bois, ici, que de la pierre, du métal avec, pour seul élément végétal, un platane qui baigne les lieux d'une ombre bienfaisante.

Rien à voler toutefois.

Au centre de la terrasse, une table massive ornée d'arabesques attire l'attention de la fille.

— Dommage qu'elle soit si lourde, se dit-elle.

Allant d'un côté à l'autre du meuble, son regard suit quelques volutes et coule le long d'une patte. Partiellement dissimulée sous celle-ci, l'extrémité brillante d'un objet apparaît. La fille fait basculer la lourde table. Du bout du pied, elle libère une clé qu'elle ramasse. Elle fait quelques pas jusqu'à la maison en tenant très fort la clé au creux de sa paume. Elle fixe la serrure et mesure toute la gravité de ce qu'elle s'apprête à faire.

Elle se sent terriblement vivante.

— Trouver quelque chose et déguerpir, décide-t-elle en faisant tourner la clé.

La pièce où elle entre ressemble à une salle de lecture. Paulette s'approche de la bibliothèque et lit quelques titres. Son regard s'attarde sur un rayon en particulier : *Les aventures de Tom Sawyer*, *Le valeureux Chevalier Don Quichotte de la Manche*, *Les voyages de Gulliver*, *Le Tour du monde en quatre-vingts jours*, *Moby Dick*.

Elle prend le livre de Mark Twain et une image venue de loin surgit dans son esprit. Elle voit une fille assise aux pieds de son arrière-grand-père. Celui-ci, un livre entre les mains, évoque le meurtre crapuleux du Dr Robinson, le procès de Joe l'Indien, la fuite de Tom dans les cavernes. La fillette aurait pu écouter des heures durant la voix du vieil homme lui lisant cette histoire.

Elle sourit. Enterré non loin d'ici, son pépé venait de revivre durant un bref instant, grâce à ce livre. En le reposant, Paulette remarque l'épine plus mince d'un carnet. Elle le retire du rayon. Un mot est écrit à la main sur sa couverture : *Viaggio*.

Paulette le glisse dans la ceinture de son pantalon et le recouvre de sa blouse.

Au moment d'atteindre la porte, elle aperçoit sur une table basse deux couteaux à lame courte et au manche en nacre. Elle les enfonce dans la poche arrière de son pantalon et se hâte vers la porte.

Dehors, le cri du voronzaza fend l'air ! Les images se superposent. L'homme quitte son arbre, s'approche ; il est peut-être déjà là. Paulette remet en vitesse la clé sous la patte de la table et traverse le jardin au pas de course. Elle s'apprête à appeler Théophile quand elle entend une voix. Celle de l'homme, elle en est certaine.

— Pourquoi pleures-tu dans mon bosquet de rhododendrons ?

Paulette fait quelques pas sur la gauche.

— Explique-moi, voyons. Que fais-tu là ?

Une voix éteinte, mais ferme. Le genre de voix qui vous oblige à vous taire, à vous asseoir, à manger, dans un murmure à peine audible.

Un autre cri retentit. Pas un pleur d'enfant cette fois, une plainte plutôt, perçante, effroyable.

« Brave Gramoun », pense Paulette.

Profitant de la diversion, elle surgit du bosquet, attrape Théo par la main et l'entraîne loin du bonhomme.

— Eh !… Attendez ! crie-t-il.

Sourds à son appel, les deux enfants longent une rangée de mausolées, des croix et des stèles, et déguerpissent en direction de la sortie.

Tout sourire, Blozaire les attend de l'autre côté.

— Et Gramoun ? lance Paulette.

Aussitôt, le sourire de Blozaire s'efface. Il le croyait avec eux.

— Reste ici, Théo.

Chauffée par le soleil, la terre est dure sous les pas de la fillette. Chaque foulée lui enfonce une aiguille sous le pied. L'affaissement de ses arches lui inflige des douleurs atroces. Il lui faudrait des orthèses, mais cela coûte cher.

Parvenue au centre du cimetière, elle se cache derrière le gigantesque arbre mort. Les dix branches principales sont dénudées. Plus trace de l'écorce qui les recouvrait. Dessous, dans la tendresse du bois, l'homme a creusé de profonds sillons à intervalles irréguliers.

« Qu'est-ce qu'il fabrique ? » se demande-t-elle.

Soudain, elle voit venir Gramoun qui court vers l'entrée principale.

Derrière, l'homme marche d'un bon pas.

« Il croit que Gramoun n'a aucune chance de s'enfuir », conclut Paulette.

En effet, enchaînées et cadenassées, les deux portes se dressent soudain devant le garçon. Le cimetière n'ouvre pas avant midi, le dimanche matin. L'homme du cimetière avance, l'air rassurant, murmurant sur un ton rassurant des mots rassurants.

Gramoun n'écoute pas ce que dit l'homme. Il secoue les deux portes de la grille, mais la chaîne ne cède pas. L'homme n'est plus qu'à une quinzaine de pas du garçon quand celui-ci, tentant le tout pour le tout, écarte les deux portes autant que le lui permet la chaîne, et glisse la moitié de son corps dans l'ouverture ainsi créée. S'agrippant d'une main à un barreau, il rentre le ventre et tire de toutes ses forces, faisant passer le reste de son corps.

Parvenu de l'autre côté, il disparaît sans se retourner.

L'homme en reste pantois. Puis, regardant le gamin s'enfuir comme un lièvre libéré d'un collet, il éclate de rire.

« L'homme du cimetière est un fou », pense Paulette qui rebrousse aussitôt chemin.

À la grille, Blozaire et Théophile attendent toujours, cachés derrière un arbre.

— Et Gramoun ? demande le petit.

— Il s'est sauvé.

Les trois enfants se tapent dans les mains : tout s'est bien passé en somme.

— Que lui as-tu dérobé ? demande Blozaire.

— Ça, répond Paulette en montrant les deux couteaux à manche nacré.

En route vers la maison, les enfants ne peuvent réprimer le sentiment d'inquiétude qui les gagne peu à peu. L'homme serait-il en mesure de les reconnaître ? Surtout Gramoun qu'il a vu de près. En constatant la disparition de ses deux couteaux, ne fera-t-il pas le lien avec lui, avec eux ? Les trois gamins marchent en silence, arborant la mine de condamnés qu'on mène au supplice

Après s'être lavé les mains, Paulette rejoint sa famille qui vient de passer à table. La dernière bouchée avalée, elle monte à sa chambre, prétextant des travaux à finir. Derrière la porte fermée, elle sort le carnet de voyage de l'homme du cimetière et l'ouvre en plein milieu.

Les notes de ce cahier sont rédigées dans une langue étrangère. *Viaggio*. Elle avait cru à un nom de famille. *Viaggio*… Cela ressemble à de l'italien ou à de l'espagnol. Demain, elle ira à la bibliothèque emprunter un dictionnaire italien-français ou espagnol-français. Elle déterminera lequel grâce au mot *viaggio*.

Viaggio. Village ? Visage ? Virage ?

Elle parcourt le carnet à la recherche d'indices. Certaines pages sont entièrement couvertes de dessins. Elle est curieuse de découvrir ce que l'homme raconte. Parfois au haut des pages, parfois au milieu, elle reconnaît des dates, des noms de mois : *aprile, settembre, ottobre.*

— Sans doute un journal intime.

Le lendemain matin, à l'école des Aigrettes, une mauvaise surprise l'attend : les élèves sont convoqués au gymnase. À l'entrée du père Maillot, un silence d'apocalypse s'abat sur la grande salle. Le bruit de ses pas se répand au-dessus des têtes comme autant de doigts accusateurs. Il se dirige vers le lutrin et, sans préambule, il s'adresse aux élèves d'une voix claire et forte.

— Dimanche matin, des élèves de notre école se sont rendus coupables de vol.

Attendant que la déclaration ait le temps de faire son effet, le directeur fait signe à quelqu'un se trouvant à l'arrière. Toutes les têtes se tournent tandis que monte un murmure. Puis le brouhaha s'amplifie autour d'un nom qui frappe Paulette, Blozaire, Théophile et Gramoun avec la violence d'un coup de poing : l'homme du cimetière.

Le directeur lève les bras et, de ses mains potelées, intime aux élèves l'ordre de faire silence.

— Voici monsieur Max Benbarka, dit-il, jardinier et gardien du cimetière. Monsieur Benbarka a vu ceux qui ont pénétré chez lui. Il va circuler dans les rangs et identifier les coupables.

L'homme du cimetière passe d'un élève à l'autre, examinant chacun d'eux attentivement. Plus que sa mâchoire volontaire, plus que ses pommettes saillantes ou les arêtes de son os frontal en saillie, ce sont ses yeux noirs creusés au centre de ce visage émacié qui impressionnent. Pire que cela : ils font peur.

En s'approchant de Théophile, l'homme plisse les yeux, puis les agrandit. Cela ne manque pas d'échapper au directeur.

— Tenez-vous quelqu'un, monsieur Benbarka ?

Immobile devant Théophile qui a peine à conserver son calme, le gardien le dévisage un long moment avant de secouer la tête et de passer à l'élève suivant.

En arrivant à Gramoun, il répète son manège. Il s'arrête ensuite devant Paulette et passe tout droit devant Blozaire.

« Qu'est-ce qui se passe ? » se demande Paulette. « Il est myope ou quoi ? Tu n'as vraiment reconnu personne, espèce d'épouvantail à moineaux ? »

Revenu en avant, l'homme du cimetière murmure quelque chose à l'oreille du directeur qui marmonne aussitôt :

— Mais ça n'était pas notre entente ! Ces enfants doivent…

Max Benbarka murmure autre chose à l'oreille du directeur avant de prendre congé.

Confus, le directeur annonce que M. Benbarka a reconnu les élèves coupables et leur
demande de rendre ce qu'ils lui ont pris.

Toute la journée, Paulette pense à l'homme du cimetière.

Que leur veut-il ? Pourquoi a-t-il agi avec
autant de…?

Le mot lui échappe.

Générosité ? Clémence ? Compréhension ?

À la fin des classes, la jeune fille partage
son trouble avec ses amis. Gramoun propose
de rendre visite à M. Max Benbarka le lendemain, après l'école.

— Plus vite ce sera réglé, mieux on se sen-
tira.

— D'accord, mais nous emprunterons notre
issue secrète, dit Blozaire. Je ne veux pas qu'on
nous voie.

— Quand on lui rendra ses couteaux, est-
ce que tout rentrera dans l'ordre ? demande
Théophile.

— Mais oui, dit Gramoun.

— D'ailleurs, on n'avait nullement l'intention de les garder, précise Blozaire.

— Moi si, dit Paulette avant de tourner
les talons et de rentrer chez elle.

Le lendemain, après l'école, le quatuor
pénètre dans le cimetière et se présente à la
maison du gardien.

— Vous voici, dit ce dernier en leur ouvrant.

— Les voilà, répond Paulette en tendant les couteaux.

Surpris, il prend les couteaux et les fait passer d'une main à l'autre comme s'il s'apprêtait à les utiliser. Là, tout de suite, sur eux.

— C'est tout ce que vous avez pris ?

— Tout, répond Blozaire.

— Tout, fait Théophile en écho.

L'homme fixe sur eux un regard aussi perçant qu'une tarière. Mais Gramoun, Théophile et Blozaire lui opposent la meilleure des défenses : la vérité.

— Très bien ! dit-il avec humeur. Filez et ne revenez plus.

À la queue leu leu, les enfants traversent le cimetière jusqu'à l'entrée principale qui, cette fois, est grande ouverte.

— Paulette ? demande Blozaire.

— Non, dit la fille. Je n'ai rien pris d'autre.

— C'est vrai, confirme Théophile. Elle n'a pris que ses couteaux.

Le soir, muni de son dictionnaire italien-français, Paulette entreprend la traduction du mystérieux carnet. D'abord le titre : *viaggio* signifie *voyage*. Ainsi, ce qu'elle a dérobé à l'homme du cimetière est un carnet de voyage.

Son enthousiasme un peu émoussé, elle attaque néanmoins la traduction et trouve plusieurs mots clés dans le dictionnaire lui confirmant que ce sont en effet des notes prises au cours d'un viaggio, mais en bateau puisqu'on y parle de navigazione, de vento calmo et de pioggia : navigation, vent calme et pluie.

Elle revient aux premières pages pour découvrir des croquis au crayon de plomb : des hommes, des femmes, des coins de rue, des immeubles. Chaque illustration est accompagnée de brefs commentaires : *Stefano et Marlena au bistro à Cosenza, édifice de la Santé à Cosenza, vieille dame napolitaine, souvenir de bédouin à Rabbat*, etc.

À l'évidence, l'homme du cimetière est un artiste.

— Il devrait faire de la bédé, se dit Paulette, au lieu de perdre son temps sur l'arbre mort.

Les premières entrées du journal remontent à trois ans. Ce ne sont d'abord que des réflexions que Paulette traduit sans difficultés. Plus loin, l'extrait recopié d'un poème de Neruda lui offre l'occasion d'un vrai travail de traductrice.

Posso scrivere i versi più tristi stanotte.

Posso, je peux, *scrivere*, écrire, *i versi*, les vers, *più tristi*, les plus tristes *stanotte*… Elle n'a pas trouvé *stanotte*. Mais en décomposant le mot, elle déduit qu'en italien, on lie parfois le déterminant et le nom *Stanotte* signifie « cette nuit ».

La suite du poème se traduit avec une surprenante facilité.

« Je l'ai aimée et parfois même elle m'a aimé.
Des nuits comme celle-ci je l'ai tenue
entre mes bras.
Je l'ai embrassée tant de fois sous le ciel
infini ! – sotto il cielo infinito !
Elle m'a aimé et parfois même je l'ai aimée.
Comment ne pas aimer ses grands yeux fixes.
Je peux écrire les vers les plus tristes
cette nuit.
Penser que je ne l'ai plus.
Sentir que je l'ai perdue.
Sentir la nuit immense, encore plus
immense sans elle. »

— Soit je suis douée, pense-t-elle, soit l'italien est une langue extrêmement facile.

Sa technique est simple. Elle traduit d'abord les mots les plus longs ainsi que ceux qui ressemblent à un mot français puis, à partir de ceux-ci, elle tente d'extraire le sens de la phrase en entier. Ainsi le premier texte regroupant les mots *esistere, notizie, fare oscillare la vita*, ce qui signifie « exister », « nouvelles » et « faire basculer la vie », elle en conclut que l'homme a écrit qu'« il existe des nouvelles pouvant faire basculer la vie ». *Ormai*, maintenant, *mia esistenza*, mon existence, *si dividerà in due*, se divisera en deux : *prima e dopo delle notizie*, avant et après la nouvelle.

226

Obsédée par l'histoire que raconte ce carnet, elle passe bientôt tout son temps libre, le nez dans le dictionnaire italien-français.

Au bout de trois soirées recluse dans sa chambre – au grand bonheur de ses parents qui la croient ancrée à ses livres de classe, mais au désespoir de Gramoun, Théophile et Blozaire qui ne la voient plus – Paulette a réussi à traduire tout le premier texte.

Je me dis que s'il existe une nouvelle qui a le pouvoir de faire basculer une vie, la voilà. Désormais, mon existence se divisera en deux : avant LA nouvelle et après. Mon sang s'est figé dans mes veines comme du plâtre. Drôle de sensation.

Je me suis levé, je crois avoir dit merci, je suis sorti, j'ai marché. Dans la rue, il y avait les mêmes arbres qu'à mon arrivée, les mêmes bruits de voitures, les gens avaient un visage semblable à celui qu'ils avaient l'heure d'avant. Tout était comme avant.

Mais différent. Froid.

Je me sentais un inconnu. Je n'appartenais plus à ce monde. Ce monde faisait partie d'avant.

Un nouveau décor ! Je prendrai la mer. Comme un marin, j'ai mon tatouage.

Le soulèvement (la révolte ?) sur le cœur.

J'ai acheté une chaloupe de dimensions honorables et trois paires de rames. Un mois après, sans prévenir, j'ai quitté l'Italie à 4 h 40 du matin.

Et bien entendu, Damoclès m'accompagne avec son épée.

Que raconte-t-il avec son épée ? Qui est Damoclès ? Son chien ? Son chat ?

Elle reprend sa lecture.

Marlena. Ton amour est un magicien. Il a fait apparaître dans ce pauvre homme un bouffon, un artiste, un roi. Mais ta magie n'est pas assez forte pour retirer la main décharnée qui s'est posée sur mon bras. Je pars.

Paulette en est là. Elle referme le carnet.

Quelle nouvelle ? Quelle main décharnée ?

Demain, elle se rendra à la dernière page du carnet et traduira le texte concernant la fin de son *viaggio*. Peut-être apprendra-t-elle de quelle nouvelle il s'agit. Et qui est Marlena et ce Damoclès.

Les jours de classe passent lentement.

Enfin, un après-midi de juin, les quatre amis saluent le début des grandes vacances en s'allouant une journée de baignade. La plage, la végétation magnifique, le ciel de cobalt rappellent à Paulette ce qu'elle a lu dans le carnet de voyage de Max Benbarka.

Je viens de débarquer dans l'île de Marotte. Je crois bien que c'est ici que je vais m'arrêter. On m'a offert le poste de jardinier et de gardien du cimetière des Chirats. Mon prédécesseur est mort récemment. Personne ne veut de ce travail. Coup de chance pour moi. Cela me convient tout à fait. Un cimetière. Pour les gens comme moi, une seconde demeure.

La dernière entrée était précédée d'un gros arbre sans feuilles que Paulette a reconnu.

Je travaille depuis une semaine à ma dernière œuvre. Cela me fait du bien. L'odeur de sa sève me procure une extase tandis que la mienne est empoisonnée.

Paulette regarde la mer dans laquelle se lancent Théophile et Gramoun. Ce dernier plonge dans les vagues avec force, se laissant entraîner, submerger, par l'eau salée. Cette journée sent la liberté chèrement gagnée. D'un bond, la fille se lève, attrape Gramoun et Blozaire par une main, et tous les trois plongent dans l'eau turquoise et tiède sous le regard de Théophile.

En rentrant le soir, elle voudrait poursuivre son labeur, mais après les jeux de la journée, le soleil et la fatigue ont vite raison de sa volonté. À peine a-t-elle rangé le carnet sous son oreiller qu'elle s'endort profondément.

Le lendemain, délaissant son travail de traductrice, Paulette quitte la maison sans but et voit ses pas la mener sur la route du cimetière. Sans intention précise, elle flâne entre les tombes jusqu'à celle de son pépé. Elle s'assoit devant le petit monument en marbre rose, arrache quelques fleurs sauvages et les dépose sur le socle.

— Razana, dit-elle. Qui est cet homme ? Pourquoi passe-t-il son temps dans cet arbre ?

Dans ses mots, je sens la tristesse. J'aimerais que tu sois là pour m'expliquer, que tu me dises pourquoi je tiens tant à traduire ce cahier. Tu me manques, Razana.

Un bruit.

Le gardien avance vers le centre du cimetière, là où s'élève l'arbre mort. Son sac de toile en bandoulière, il grimpe et parvient rapidement au sommet du géant.

Sortant marteau et ciseau, il gratte l'écorce comme chaque jour. Toutes les branches sont maintenant blanches comme des os. La jeune fille le regarde travailler durant un moment. Elle est sur le point de partir quand elle entend un râlement. Le corps voûté, les deux mains en appui sur une branche, Max Benbarka semble pris d'un malaise. Il a du mal à respirer.

Malgré elle, Paulette avance vers lui.

Hormis sa poitrine qui monte et descend au rythme de son souffle, l'homme ne bouge pas. Il garde la tête baissée et les yeux clos. Arrivée au-dessous de l'arbre, Paulette se souvient que le gardien leur a dit de ne plus jamais remettre les pieds ici.

Elle pose le pied sur un copeau de bois qui craque. L'homme se redresse, ouvre les yeux.

— Que fais-tu là ?

— Vous avez mal ?

— Ce n'est rien. Tu peux t'en aller.

— Bien.

Paulette regarde l'artiste reprendre son travail. Indifférent à la présence de l'importune, Max Benbarka ponce, enlève, coupe, taille, rabote. Au bout d'un moment, il lui lance :

— Le cimetière est fermé aux visiteurs.

— Pourquoi avez-vous fait ça ? demande la fille.

— Tu n'as pas mieux à faire que de rester là ?

— Si. Mais j'ai choisi de vous regarder travailler. Je peux ?

— Non.

— Tant pis. Alors ?

— Alors quoi ?

— Pourquoi avez-vous fait ce que vous avez fait ?

— Écoute, je travaille, je ne parle pas. Ce que je fais, je ne peux l'expliquer.

— L'autre jour, à l'école, pourquoi ne pas nous avoir dénoncés ?

— Ah ! Ça... Parce que c'était ce que vous vouliez.

— ...

— Ce que veulent les morveux de ton âge.

— À côté de la plaque, siffle-t-elle avec dédain.

— Tout et n'importe quoi pourvu qu'on vous remarque.

Paulette est sidérée. Être remarquée ? Qu'on parle d'elle ? Elle pousse un long soupir de dépit et marche vers la sortie. « Trop stupide. Perte de temps. »

— Et rends-moi mon carnet de voyage ! crie Benbarka. De toute façon, c'est de l'italien. Trop belle langue pour être comprise par une vulgaire chapardeuse.

La jeune fille tombe tête baissée dans le panneau.

— *Désormais il y aura avant LA nouvelle et après,* crie-t-elle sur un ton de défi. *Je ne suis pas parti seul. Damoclès m'accompagne avec son épée. Je peux écrire les vers les plus tristes cette nuit. Penser que je ne l'ai plus. Sentir que je l'ai perdue. Sentir la nuit immense, encore plus immense sans elle.* Vous en voulez d'autres ? Parce qu'il en reste des tas dans ma cervelle de vulgaire chapardeuse !

Paulette a à peine terminé sa tirade que l'homme se tient à un mètre d'elle, sourire aux lèvres.

— Félicitations ! Ta traduction est très bonne. Rends-le-moi.

— Quand j'en aurai fini.

— Non, tout de suite.

— N'êtes-vous pas heureux que quelqu'un veuille vous lire ?

— Il n'y a rien pour toi là-dedans.

— Tous les mêmes, les adultes ! « Lis ! Mais lis donc ! » Et quand on trouve enfin un livre qui nous intéresse, tout de suite c'est : « Qu'est-ce que tu lis ? Ce n'est pas pour toi. Qu'est-ce qui peut bien t'intéresser là-dedans ? » Vous écrivez de très belles choses, monsieur Benbarka, et vos dessins sont géniaux. C'est quand même surprenant quand on vous voit.

— Toi, au moins, tu sais tourner un compliment.

— Je parle de la douceur de vos mots et de la dureté de vos yeux.

— Il est à toi, ce carnet ?

— Il est à vous, cet arbre ? Pourtant vous vous permettez de le gratter, de le creuser, de le couper. Et pourquoi ? Pour qu'il vous donne ce qu'il a ? Moi aussi !

Sans crier gare, Paulette file vers l'avant du cimetière et est bientôt avalée par les hautes herbes des lots vacants.

— Il va falloir passer la faux dans ce coin-là du cimetière, se dit l'homme.

Le soir et toute la journée du lendemain, Paulette s'emploie à traduire plusieurs paragraphes du journal. Elle a bon espoir maintenant de se rendre au bout du document. Mais le sommeil, chaque fois, l'arrache à sa besogne.

Au matin du troisième jour, son travail est avancé. Qu'il s'agisse d'un journal lui facilite la tâche : les verbes sont presque tous au « je ». Dès que Paulette repère un mot se terminant par « o », elle cherche tout de suite le verbe. Elle prend les feuilles sur lesquelles sont transcrites plusieurs pages du carnet et s'assoit sur son lit.

Me voilà en mer. J'occupe seul ma barque. Depuis une heure, je me laisse bercer par l'onde. Je suis au large du Sénégal. Je veux toujours faire le tour de l'Afrique.

Après être retourné au Maroc de ma naissance, j'ai compris que ce pays n'était plus le mien. J'ai habité quelques jours la maison de mon oncle Ahmad. Puis je suis reparti.

Je longe la côte. J'avance avec les rames, rien qu'avec les rames.

Quand je rame, je pense seulement à l'effort. Je regarde les muscles de mes bras, je les reproduis en bois, en céramique, en plâtre. Le sculpteur devient la sculpture. Je coule mes muscles dans le bronze. Je tire plus fort sur mes rames. Je regarde mes jambes nues. Fortifiées par l'effort, j'adoucis biceps, mollets et ???, je polis chaque muscle au sel, au soleil et à l'eau.

Je suis de bois dur. Je suis le prolongement de mon embarcation.

— Le soleil lui tapait dur sur le crâne, pense Paulette.

Elle continue de fouiller dans le dictionnaire et de noter, raturer, récrire puis raturer à nouveau, phrase après phrase jusqu'à ce qu'elle croit avoir compris quelque chose.

Je suis seule et unique sculpture de la mer. Pourquoi ne pas m'être fabriqué moi-même plutôt que

de compter sur Dieu ? J'aurais choisi mon maté-
riau avec soin. Mon sang aurait été de cuivre, de
fer et d'or. Il aurait eu tout ce qui lui était néces-
saire pour tenir.

Elle arrête son travail, se rend à la fin du
carnet et lit : *Dans un cimetière. Pour les gens*
comme moi, une seconde demeure.

La première fois qu'elle avait réfléchi à ces
deux phrases, Paulette croyait que Max Benbarka était peut-être un ancien soldat ou un
tueur repenti. Puis, elle avait cru à une espèce
de mort en sursis, un homme atteint du cancer ou quelque chose comme ça.

La jeune fille comprend tout à fait autre
chose maintenant. Le plaisir manifesté par Max
à l'idée de vivre dans un cimetière, sa collection de couteaux au manche nacré, les longues
journées passées dans son arbre, tout pointe
vers une seule explication : Max Benbarka est
un sculpteur. Cet arbre sur lequel il travaille
est une sculpture, une formidable sculpture.

La jeune fille plonge à nouveau dans le texte
traduisant les dernières pages du carnet.

Je travaille depuis une semaine à mon œuvre
dernière. Cela me fait grand bien. L'odeur de sa sève
me procure une extase tandis que la mienne est
empoisonnée.

Sa dernière œuvre. Une formidable sculpture.

Mais un autre mystère a pris la relève : *la sève empoisonnée…*

Qu'est-ce que cela peut vouloir dire ? Sans doute une de ces erreurs de traduction auxquelles elle s'est souvent heurtée. Pourtant, elle est certaine d'avoir bien lu : *avvelenati*.

Paulette pose le journal à côté d'elle et s'endort rapidement.

Tôt, le lendemain matin, elle se rend au cimetière et s'assoit au pied de l'arbre, le carnet de Max bien en vue sur ses cuisses.

Quand l'homme du cimetière aperçoit la fille quelques minutes plus tard, son visage reste sans expression. À son tour, elle se contente de le regarder placidement. Il a bien sûr remarqué le carnet posé sur les cuisses de la fille, comme une provocation. Il sort de sa besace un de ses nombreux couteaux et entreprend de l'affûter sur une pierre.

Il jette parfois un regard intrigué en direction de Paulette. Que veut-elle, cette gamine ? Il persiste à soutenir ce regard rivé au sien. Et elle lui tient tête. Le moins fort des deux cédera.

— Tu as décidé de me rendre ce qui est à moi, la fille ?

Paulette savoure un instant sa victoire.

— À une condition, dit-elle.

L'homme lève les sourcils.

— Je t'écoute.

— Je vous aide à faire votre sculpture.

— D'abord, qui a dit que je *faisais* une sculpture ? Je retire de cet arbre des morceaux de bois que je vais vendre pour… leur parfum.

Il tape de sa main ouverte sur le tronc.

— C'est un camphrier, dit-il. Tiens, sens.

Il ramasse un copeau et le lui tend. Cela sent fort, un peu comme la naphtaline.

— Alors pour ce qui est de sculpter…

— Pourquoi refusez-vous ? Je pourrais vous être utile.

— Puisque je te dis…

En homme habitué à juger du matériau, Max constate que cette fille est fabriquée de bronze ou d'acier. Déni, résistance, refus : inutile que tout ça. La fille attend sa réponse avec une détermination telle que l'artiste aurait sans doute plus de succès à faire céder le pilier d'un pont. Il a déjà perdu la guerre du silence qu'ils se sont livrée tout à l'heure. Il sait qu'il perdra encore. Et puis son aide pourrait s'avérer précieuse, le faire progresser plus vite.

— Très bien. Mais je pose aussi une condition.

— Je vous écoute.

— Silence total. Règle numéro un : pas de questions sinon celles concernant le travail. Règle numéro deux : pas de bavardage. Règle numéro trois : pas de radio ni même de chansons fredonnées. Et tu me rends mon carnet.

Ravie, Paulette lui tend aussitôt le précieux cahier qu'il enfonce dans sa besace.

— Je m'appelle Paulette.

— Rien à foutre.

— Qu'est-ce que je fais ?

Il lui tend un ciseau et un marteau.

— Tu retires l'écorce du tronc de l'arbre. Épaisseur : un centimètre, pas plus.

Après avoir observé comment Max s'y prenait, Paulette se met au travail. Péniblement.

Du haut de l'arbre, Max la regarde. « Quelle drôle d'enfant », se dit-il.

La journée se passe en silence, troublée seulement par le bruit des outils sur le bois. Paulette tient son engagement, pas une parole n'est échangée. À midi, elle mange un sandwich et boit un grand jus de papaye, toujours sans émettre le moindre son. Puis, après un moment de repos passé à l'ombre d'un acacia, elle se remet au travail.

Quand le soir arrive, elle ramasse son sac et s'en va. Sans dire un mot. Pas même au revoir.

« Décidément, c'est une drôle d'enfant », se dit Max.

Après plusieurs jours de labeur soutenu et muet, Paulette rompt enfin le silence.

— Ce sera quoi ?

Trop heureux de cette première victoire sur la résistance de la jeune fille, la réaction de l'homme ne se fait pas attendre.

— Qu'est-ce que j'ai dit, la fille ?

— Vous m'avez dit : pas de questions à part celles concernant le travail.

Max réfléchit.

— C'est vrai.

Il achève de retirer un morceau de bois.

— Ce sont des mains.

— Des mains ?

— Compte le nombre de branches maîtresses qui partent du centre.

— Un-deux-trois… dix. Les dix doigts ?

— Hé ! On t'apprend des choses à l'école ! En ce moment, je travaille sur un ongle.

— Pourquoi des mains ?

L'homme du cimetière explique à Paulette que cette sculpture est à la fois une prière et un réceptacle. Les mains portent la vie.

— Elles emmènent les âmes de la Terre vers le Ciel, dit-il.

— Vous y croyez ? demande la jeune fille.

— Au Ciel ? Bien sûr.

— C'est là que se trouve mon arrière-grand-père.

— Il est devenu…

— Un *Razana*, je sais : l'ancêtre qui veille sur moi, qui m'inspire de sages décisions.

— Trouves-tu qu'il a tellement bien fait son boulot jusqu'ici ?

— Règle numéro un : pas de questions à part celles concernant le travail.

— Désolé.

Max Benbarka se tourne vers la branche et retire de nouveaux copeaux de bois sur le pouce de sa sculpture. En dessous de lui, remise au travail, Paulette affiche le même air impassible.

Ce soir-là, quand elle s'apprête à partir, Max descend de son arbre et lui demande si elle a soif. Comme elle ne répond rien, il lui dit de l'attendre, part en direction de la maison et revient avec deux verres de thé glacé aromatisé à la menthe.

— C'est très désaltérant, tu vas voir. Mieux que du jus de papaye.

— C'est bon, la papaye, proteste-t-elle.

Il se tourne vers l'arbre.

— Demain, je taille l'autre pouce. Je les ai gardés pour la fin parce que je voulais faire de très longs doigts. Les pouces, c'est ce qu'il y a de plus difficile. Il faut respecter les proportions. Viens. Je vais te montrer quelque chose.

Tout en sirotant son thé glacé, Paulette marche à côté de Max qui lui fait voir des coins du cimetière qu'elle n'avait jamais vus.

— Regarde cet homme. L'artiste a parfaitement rendu l'espoir et la douleur qui l'habitent.

— Comment ?

— D'abord, il avait un modèle.

— Nu ?

— Mais oui, nu. Qu'est-ce que tu crois ?

— J'aimerais pas ça.

— Oui… Eh bien, à ton âge, c'est normal. Il lui a fait prendre différentes poses.

— Et il l'a sculpté ?

— Pas toujours. Souvent, il va le dessiner d'abord, faire des croquis.

— Comme vous dans votre carnet.

— Précisément.

— C'est devenu des sculptures, vos croquis ?

— Pas tous, non.

— Et Marlena ?

Sans lui donner de réponse, Max Benbarka marche jusqu'à la prochaine tombe qu'il veut montrer à Paulette. Il s'agit de deux mains, comme la sculpture à laquelle il travaille. Sauf que ces mains ne sont pas vides, elles tiennent un visage. Moins qu'un visage, un masque. Terrorisé.

— En voici un qui avait commandé sa tombe en apprenant qu'il allait mourir bientôt. C'est son visage. Peur véritable ? Dérision ? Qui sait…? J'aime bien.

— Et Marlena ?

Max se tourne vers Paulette et lui lance un regard ennuyé.

— Aucune question, sinon au sujet du travail.

— On ne travaille plus maintenant.

L'homme du cimetière s'arrête devant un troisième tombeau. Une adolescente tient un violon dans sa main. La tête inclinée ; elle a laissé tomber l'archet qui gît à ses pieds.

— La musique est morte. La femme qui repose ici était une violoniste de grande renommée. Maintes fois, elle a fait le tour du monde. Pourtant elle a tenu à finir ses jours sur l'île. Tu as vu la physionomie de cette fille ? La position des épaules ? Rien de plus triste ni de plus beau. Voilà un chef-d'œuvre qui repose dans un cimetière sur une île perdue de l'océan Indien. On en a de la chance.

— Vous allez revoir Marlena ?

— Bois ton thé, il va se réchauffer. Si on allait au bout de cette allée ?

Tous deux marchent en silence, avalant quelques gorgées de thé glacé, puisant dans le silence de cette fin de journée une paix bienfaisante. La tombe où Max a conduit Paulette est des plus singulières. Lorgnon au bout du nez, nœud papillon défait, manches de chemise retroussées aux coudes, la statue d'un homme couché sur une grande dalle de ciment, une main derrière la tête, lit *Don Quichotte*.

— Son livre préféré, m'a-t-on dit. Un enseignant vénéré par ses élèves. Ce sont eux qui lui ont offert cette tombe magnifique. Plus de mille élèves à qui il a montré simplement comment être heureux. En aimant, en ne laissant jamais la peur ou l'ignorance les arrêter, en dépassant leurs limites. Comme ce Don Quichotte qu'il admirait.

— Et…?

— Marlena. Oui, je sais.

Ils déambulent tous deux dans la grande allée centrale du cimetière. On n'entend que le chant grésillant d'une cigale et parfois, dans le lointain, celui d'un voronzaza. Arrivé à la porte du cimetière, Max se tourne vers l'arbre.

— La fille, ton aide m'apporte plus que je ne croyais.

— Je sais.

— Moi, c'est Max.

— Je sais.

Chaque jour qui passe, Max enseigne à Paulette comment se servir des gouges, du burin et du néron et lui explique le maniement de ses dangereuses lames japonaises à manche de nacre. Au prix de quelques ampoules aux mains, la jeune fille apprend. Le travail progresse plus vite que jamais.

Parfois, Gramoun, Théophile et Blozaire se rendent à la maison de Paulette pour l'inviter à la plage ou à une excursion à la rivière Perlée avec cannes à pêche et épuisettes, mais ils se heurtent à un refus. Ils ont beau la questionner sur ce qu'elle fait, elle leur retourne un sourire et lance : « À bientôt ! »

Un jour, Blozaire a suggéré de la suivre à distance, mais les deux autres garçons, la connaissant mieux, l'ont convaincu qu'il était préférable de respecter le secret de Paulette.

Paulette qui est heureuse, radieuse même. Paulette qu'une seule chose inquiète : Max semble de plus en plus fatigué. Hier, elle l'a surpris, haletant, appuyé sur la branche à laquelle il travaillait. Le visage baigné de sueur, on aurait dit un marathonien au fil d'arrivée.

Bien entendu, la chaleur est écrasante, et Max n'arrête pas souvent. Quand elle lui offre de faire la pause, il lui répond qu'il ne peut se permettre de perdre un instant. Mais il finit toujours par se rendre à son invitation.

Un après-midi, alors qu'ils se reposent tous les deux à l'ombre de l'acacia, Paulette tourne un visage déterminé vers Max.

L'homme du cimetière sait ce qu'elle va lui demander.

Voilà plus de deux semaines qu'elle travaille avec lui, deux semaines au cours desquelles la jeune fille a négligé ses amis, se consacrant sans défaillir à Max et à son œuvre. Ces deux semaines lui ont laissé des blessures aux jambes et aux mains et des douleurs au dos et aux bras. Blessures dont elle ne s'est jamais plainte. Ils ont parcouru dans tous les sens les allées de ce cimetière, aussi riche en sculptures que celui du Père-Lachaise à Paris. Elle a écouté ses commentaires sur chaque œuvre, sur l'art, sur l'île, sentant naître en elle une intimité avec cet artiste singulier. Et jamais, au cours de ces deux semaines, l'intuition d'un malheur qui se prépare ne l'a laissée.

Max attend la question.

— Quelle sève a été empoisonnée ?

Il n'avait pas prévu ça. Cette phrase ne se trouvait-elle pas dans les dernières pages de son carnet ? A-t-elle tout traduit ? Impossible. Si elle l'avait fait, elle connaîtrait la réponse à cette question. Non, elle a agi comme tous les enfants : elle est allée à la fin voir comment se terminait l'histoire.

— La sève, c'est la vie. Celle qui coule en moi, petite.

— Et alors ?

— Pourquoi empoisonnée ? Viens avec moi. On a assez travaillé

— Où va-t-on ?

— Je vais te raconter une histoire.

— Il y aura Marlena dedans ?

Toujours à son idée fixe.

— Oui.

En entrant dans son jardin, la jeune fille est encore une fois émue par la beauté de l'endroit. Max et elle s'approchent d'une construction de bois, l'une de ces structures insolites qui, un mois plus tôt, avaient tant frappé l'imagination de Paulette et de Théophile.

Des pièges, avait-elle dit.

— Voyons si tu as retenu mes leçons. Que vois-tu dans cette sculpture ?

La jeune fille considère un moment l'assemblage de bois blond. Elle y voit deux formes, masculine et féminine, penchées l'une vers l'autre. Elles semblent fusionnées par la tête et les mains. Le centre, vide, forme la silhouette d'un enfant.

— On dirait le début de la vie, dit-elle.

— C'est un début, en effet. Elle, c'est Marlena et lui, l'homme le plus heureux du monde. Entre les deux, l'enfant qu'elle attend.

— Et ensuite ?

— Viens.

La seconde sculpture, formes déchirées au milieu d'une explosion de solides géométriques aux arêtes dentelées, aux intérieurs éventrés, présente une tige qui perfore le corps de quelqu'un qui hurle et tente de retenir un ballon qui lui échappe.

— Il ne faut pas être un génie. Je vois un immense malheur, dit Paulette.

— Je suis avec Marlena sur une route, en France. Elle est au volant. Il pleut. Je veux qu'on s'arrête, mais elle tient à se rendre à Dijon avant la nuit. Un camion surgit devant nous. Marlena sursaute, perd le contrôle. La collision. Le camionneur s'en tire indemne. Marlena aussi, mais elle perd notre bébé. Tu vois la vie que nous essayons de retenir ? Quant à moi, mon poumon droit perforé me fait perdre du sang. Beaucoup trop. On me fait des transfusions. Mon sauvetage tient du miracle, m'a-t-on dit. Allons par là.

Un homme tend les bras. Sur son épaule, un oiseau à tête de dragon lui murmure quelque chose. Ses serres ressemblent aux mains d'un squelette. Par terre, la coquille ouverte et vide d'un œuf. Celui d'où a surgi l'oiseau monstrueux ?

— Au moment d'obtenir mon congé de l'hôpital, le médecin m'a invité dans son bureau et, l'air grave, m'a fait certaines… recommandations. Mesures de précaution nécessaires, disait-il, à cause de récents événements. La semaine suivante, en lisant les journaux, j'ai compris ce qu'étaient ces « récents événements »: des hommes et des femmes avaient fait don de leur sang ignorant qu'il était infecté par un virus mortel. On parlait de cinq cas sur mille.

— Quel genre de virus ?

— Du genre dont il est impossible de se débarrasser. Un virus qui empêche ton corps de lutter contre la maladie. J'ai compris que je pouvais avoir reçu du sang contaminé. Quelques mois plus tard, j'en avais la confirmation par un autre médecin : j'étais bel et bien porteur du virus, mais sans symptômes pour l'instant. Cela voulait dire que je n'avais pas encore développé la maladie. Viens.

Une série de cubes posées de façon bancale sur les épaules d'une femme. À ses pieds, un œuf brisé. Le bois des cubes devient plus sombre à mesure qu'on descend vers la femme.

— Alors que les autres sont en orme, j'ai sculpté celle-ci dans du noyer, une essence plus sombre. Je me sentais immergé, incapable de me donner l'impulsion nécessaire pour refaire surface. Noyé. J'allais partir. Pour toujours. Marlena ne devait jamais savoir que l'accident qui avait coûté la vie à notre enfant avait fait de moi un condamné. Je l'aimais trop pour lui imposer une telle vérité. Regarde celle-ci maintenant. Tu vois toutes ces mains qui m'entourent, qui me touchent, qui me caressent ? Elles me disent adieu. J'ai donné une grande fête pour mon départ. J'allais faire un voyage d'études. Un mois d'absence tout au plus. Je m'étais préparé à ce voyage définitif dans le plus grand secret. Aujourd'hui, tous mes amis me croient mort.

— Et Marlena ?

— Marlena a sans doute pleuré, ce qu'elle aurait fait de toute façon. Mais au moins vivra-t-elle le reste de sa vie sans culpabilité.

L'homme du cimetière s'éloigne de ce coin du jardin.

— Il reste deux sculptures.

Un homme, ses rames et sa barque. L'expression de la colère sur le visage de l'homme est bouleversante. On entend presque le cri de rage qu'il étouffe. Au fond de la barque, un œuf brisé.

— Vous avez fait comme dans votre journal.

L'artiste est confondu par le naturel avec lequel la jeune fille a laissé tomber cette dernière phrase. Ce journal dont elle a pris connaissance sans l'ombre d'un remords. Elle évoque sa lecture comme si cela allait de soi.

— Tout juste, répond-il. À mon tour, la fille, de te poser une question. Pourquoi m'avoir volé mes couteaux, mon journal ?

La jeune fille regarde la maison derrière elle. Pourquoi ? Connaît-elle la réponse à cette question ? Son Razana pourrait sans doute lui expliquer s'il était là. Mais s'il était là, elle ne parlerait pas avec Max en ce moment.

— Comme ça, répond-elle. Pour faire quelque chose.

L'homme du cimetière la regarde. Elle lève les yeux vers lui.

— Pourquoi à la rame ? demande-t-elle.

— Pour épuiser la colère, la réduire au silence.

— Vous êtes allé loin ?

— J'ai longé la Sicile, puis la Tunisie et le Maroc.

— Toujours en ramant ?

— Un homme a déjà traversé l'Atlantique en chaloupe. Sans une once de colère.

Max Benbarka entraîne la jeune fille vers la dernière sculpture. Paulette contemple chaque étape de l'existence brisée de l'homme du cimetière, chaque moment de l'« après la nouvelle », comme il a écrit. Six stations de son chemin de croix personnel.

Soudain, la douleur. L'impression qu'on lui enfonce un clou dans la plante du pied. C'était à prévoir, elle marche depuis un moment. Elle rejoint Max en boitant.

— Tu t'es blessée, fillette ?

— Le pied plat.

— Ça se soigne.

Max examine longuement le pied de la jeune fille.

Arrivés à la dernière sculpture, tous deux s'assoient en tailleur dans l'herbe. Au pied d'un arbre ressemblant beaucoup au camphrier mort, un homme est assis, le dos appuyé au tronc. Les yeux fermés, il se repose. Dix branches-doigts s'élèvent de l'arbre vers le ciel, comme si elles sortaient de la tête de l'homme. Tous deux restent un long moment en silence. Puis, doucement, Paulette pose une main sur le pied de Max.

Une semaine après, l'artiste annonce qu'il ne reste qu'à tailler à la hache les extrémités des branches qui ne font pas partie des doigts.

— Une tâche qui me revient.

... et à polir l'ensemble en prenant garde à ne pas faire disparaître les plis des jointures ni ceux plus ténus à l'intérieur des doigts et des mains.

— Un délicat travail de ponçage. Parfait pour toi, la fille.

Max en est à tailler son septième doigt quand Paulette, qui n'a rien dit de la matinée, lui pose une question qui la tracasse depuis des jours.

— Vous avez ramé jusqu'ici ?

— Certaines colères ont le cuir résistant, fillette. On a beau les marteler, les tanner, les tirer dans tous les sens, elles nous restent collées à la peau, bien vivantes. Après le Maroc, j'ai repris ma barque et maintenu le cap au sud. Je me suis rendu jusqu'au pays de Mandela, puis j'ai repris la mer jusqu'au Mozambique. J'ai piqué vers Madagascar et de là, je me suis rendu ici, dans l'île de Marotte. En apercevant ses côtes, en respirant son doux parfum, j'ai su que ma colère ne survivrait pas à la paix qui règne dans cette île. Bien qu'on m'ait accueilli comme le grand sculpteur Max Benbarka, les gens ont accepté de garder mon secret. J'ai dit que j'avais besoin de repos, que je ne voulais pas me remettre à la sculpture, mais que s'ils avaient un travail tranquille, je l'accepterais.

Max s'arrête de parler pour reprendre son souffle. Il s'essuie le front avec le poignet puis, tout en découpant une nouvelle branche, il poursuit son récit.

— Il n'y a pas de hasard. Ici, le jardinier et gardien du cimetière venait de mourir et personne ne voulait de cet emploi. L'ancien gardien, un très vieil homme, était mort dans la maison et les gens sont superstitieux. Je me suis installé. Dans cet environnement, l'envie de sculpter m'est revenue. Sculpter m'est plus important que tout. Cela fait partie de moi.

L'homme du cimetière caresse du bout des doigts la branche sur laquelle il travaille.

— Le maire voulait abattre cet arbre, tu imagines ? J'ai demandé qu'on me le confie. J'y voyais déjà ces deux mains en prière qui portent les âmes au ciel. Sculpter, ce n'est que cela, attendre l'image et la faire naître.

— Elle apparaît toujours ?

— Toujours. Parfois, elle s'impose en cours de route. Ou se transforme. Parfois aussi, il faut être patient.

— Comme votre jardin ?

— Mon jardin m'est apparu un jour que je regardais par la fenêtre de la serre. Je l'ai vu, puis je l'ai fait. Jardiner, faire une terrasse de pierre, sculpter, c'est pareil au fond. C'est donner sa forme, celle qu'on voit avec nos yeux tout en respectant un certain rythme, une musique.

La voix de son grand-père qu'elle n'a pas entendue depuis un moment lui parvient soudain. « Ne rends jamais les armes, sinon tu te mettras à voir la vie comme eux, avec leurs yeux d'adultes. Bats-toi, Poulette, bats-toi jusqu'à la dernière goutte de ton enfance. »

— Sculpter, c'est rester un enfant, dit Paulette.

— L'art sous n'importe quelle forme, c'est s'exprimer avec le langage de l'enfance. Un enfant fait tout par instinct. Quand la technique est maîtrisée, tout le reste se fait à peu près d'instinct. Composer une pièce de musique, créer un tableau, façonner quelque chose dans la glaise, faire bouger son corps, écrire une histoire sur du papier ou sur la pellicule, c'est jouer avec l'irréel par intuition. C'est l'enfance.

Il regarde Paulette, occupée à polir la paume de la main gauche.

— Et la curiosité qui t'a fait traduire mon carnet de voyage, c'est aussi l'enfance.

Il a à peine terminé sa phrase qu'il pousse un cri. Si la jeune fille n'avait pas été là, il serait sans doute tombé en bas de l'arbre. Elle l'aide à se poser en équilibre, le corps bien appuyé sur la main droite de la sculpture.

— Un étourdissement, dit-il.

— Vous avez du sang sous le nez.

Il s'essuie les narines avec le bas de son chandail. Mais le sang coule de plus belle. Il tente de se redresser, mais se sentant tituber, il se laisse retomber contre la grosse branche formant le pouce.

— Combien de temps encore ? se demande-t-il en regardant l'arbre. Allons, on aura bientôt fini.

— Il reste beaucoup de bois à poncer, fait remarquer Paulette.

— C'est vrai.

— Et si je demandais de l'aide ?

L'homme du cimetière sourit.

— À tes trois complices ?

— Gramoun, Blozaire et Théophile seraient heureux de vous aider.

— Ou de t'aider toi.

Le lendemain matin, Paulette apparaît au pied de l'arbre avec les trois garçons. Ils n'ont pas été difficiles à convaincre. La plage, c'est bien joli les premiers jours de vacances.

— Mais après un moment, dit Blozaire, ça devient lassant.

En apercevant l'œuvre de Max Benbarka, Gramoun pousse un juron admiratif, Blozaire un long sifflement suivi d'une ribambelle d'adjectifs, et Théophile reste muet.

— Voilà donc la cavalerie, sourit le sculpteur en arrivant au camphrier.

Il leur tend à tous les quatre une feuille abrasive et leur recommande de polir les aspérités, tout ce qui empêche la main de glisser sans encombre.

— N'allez jamais à l'encontre de la forme que j'ai donnée au bois.

À cinq mains, le travail est entièrement achevé en moins de trois jours. Parfois, Max recule de quelques pas, apprécie l'ensemble, rectifie un détail. Puis, un après-midi, après avoir reculé, il ne corrige rien.

— On a fini, dit-il.

Les enfants se joignent à lui. Les deux gigantesques mains blondes se détachent sur le ciel bleu. Au-dessus, un oiseau passe. Un voronzaza.

— Il faut donner une grande fête pour inaugurer ce chef-d'œuvre, déclare Blozaire.

— Il a raison, Max, dit Paulette.

L'homme sourit. Son œuvre est enfin terminée.

— Samedi midi, déclare-t-il, je vous invite tous les quatre avec vos familles à un dîner en l'honneur de *L'Arbre aux prières*, œuvre conjointe de Max Benbarka et de Paulette…

Il considère un instant la fillette qui ne dit rien.

— Une œuvre signée Max-Paulette ! Et n'apportez rien, je m'occupe de tout. Mais avant, les cadeaux.

Il sort de sa besace trois petites boîtes. Lorsqu'ils retirent le couvercle, les garçons découvrent une chaloupe en bois pas plus grande que leur pouce.

— La chaloupe m'a permis d'aller où je devais. Je formule le souhait qu'il en soit de même pour vous. Et maintenant, pour toi, Poulette…

Les garçons se regardent, catastrophés. De quel nom l'homme du cimetière a-t-il osé appeler leur amie ? Poulette ? Une seule personne avait le droit de l'appeler ainsi. Et elle est morte. Tous trois guettent sa réaction.

La jeune fille tend la main en souriant.

— Merci.

— J'y ai mis du temps, tu sais. J'ai pris les mesures quand tu faisais la sieste l'après-midi. Cela t'aidera toi aussi à aller où tu dois.

Paulette retire le nœud sur la boîte et soulève le couvercle. À la vue de ce qu'elle contient, elle ne sait comment réagir. Et pour cause. Elle n'a pas la moindre idée de ce que Max lui a offert. Que peuvent être ces deux objets en bois mince et ondulé ? Ce n'est que lorsque Max lui dit de retirer ses chaussures et que, une après l'autre, il y insère les deux mystérieux objets que Paulette comprend. Les pieds dans ses chaussures, elle sent l'orthèse de bois soutenir parfaitement l'arche de son pied.

— Ainsi, tu pourras aller où bon te semble.

— Comme Gulliver, Achab et Don Quichotte ! rétorque Paulette.

— Je vois que tu as examiné le contenu de ma bibliothèque, grommelle le sculpteur.

— Votre bibliothèque ?

— Enfin, celle qui est dans ma maison, dit-il. J'y ai d'ailleurs trouvé des livres d'anatomie qui m'ont été bien utiles. Alors, elles te font, ces orthèses ?

— Impeccables, répond-elle.

— Rendez-vous ici, samedi ! Maintenant, déguerpissez !

Le samedi matin, en apercevant le soleil se lever sur *L'Arbre aux prières*, Max a un coup au cœur. La table qu'il a dressée sous la sculpture crée un tableau des plus réjouissants. Le cimetière respire la joie de vivre.

Malgré son extrême faiblesse, il se sent heureux.

Sur le coup de midi, Blozaire arrive avec ses parents et ses deux frères. Peu de temps après, les autres familles apparaissent avec bouteilles, pain, fromage et charcuterie.

— J'avais dit que je m'occuperais de tout, proteste Max.

— Arriver à un repas les mains vides, ça ne se fait pas, répond la mère de Paulette.

— Et puis, ajoute le père, quand nous avons su à quoi notre cachottière de fille passait ses journées, nous en sommes restés suffoqués.

Vin, pâtés et quelques gâteaux sont bien peu pour vous remercier d'avoir gardé notre petite diablesse loin des ennuis. Croiriez-vous qu'il s'agit de son premier été sans coup pendable depuis qu'elle est en âge de marcher ?

— Aisément, répond Max.

La mère de Paulette, une grande et belle femme dont la fille a hérité du regard volontaire et de la chevelure de feu, se plante devant Max.

— Avant de nous installer à table, j'exige de visiter votre jardin. Notre fille n'a pas cessé de nous le vanter. Je suis curieuse de voir ça.

Debout sur la terrasse arrière, la mère de Paulette contemple plates-bandes et sculptures, sans oublier la terrasse et ses éclats de pierres multicolores. Paulette surveille du coin de l'œil les réactions de Max.

— Dieu du ciel ! Ce que vous avez réussi à en faire…

La jeune fille attend. Inévitablement, un mot, une phrase, révéleront tout…

— Tant de fleurs variées ! Et ces jolis coins ombragés, et ces sculptures magnifiques.

La mère de Paulette pose sa main sur le poignet de Max.

— Du temps où je vivais ici avec mon grand-père et ma sœur, laisse-t-elle tomber, c'était loin d'avoir si fière allure, croyez-moi.

Quand ils se tournent vers Paulette, les yeux noirs de Max ont repris leur expression terrifiante. « Cachottière » articule-t-il en silence. Puis, lentement, les traits de son visage émacié retrouvent l'allure débonnaire qu'elle lui a connue au cours des dernières semaines.

La mère passe devant les portes menant à la bibliothèque.

— Combien de fois pépé est-il allé s'asseoir là avec sa « Poulette » pour lui lire des histoires d'aventures ! Toujours à lui mettre quelque idée folle en tête ! Et elle ne demandait pas mieux !

— On mange ? propose Gramoun.

Assis sous *L'Arbre aux prières*, l'après-midi se passe à boire, à manger, à raconter des histoires. Le temps est radieux. Le ciel bleu est sans nuage. Une légère brise charrie un puissant parfum de frangipanier. Rien ne présage l'événement qui se prépare.

Adultes et enfants lèvent de temps à autre le regard pour admirer l'œuvre achevée.

C'est alors que Max a une idée.

— Mes amis, dit-il, cette œuvre n'est pas seulement la mienne, mais également celle de vos enfants. Il me ferait plaisir de vous y voir tous perchés. Là-haut, vous ferez un pied de nez à la mort qui rôde par ici, quelque part, paraît-il.

Dans un grand éclat de rire, on entreprend l'escalade de l'énorme camphrier en s'aidant de l'échelle que Max a posée à ses pieds. Enfants et adultes des quatre familles se trouvent un coin sur l'œuvre gigantesque.

— Ne bougez pas ! Je reviens…

Intriguée, Paulette le regarde remonter l'allée centrale en direction de la maison, courant à toutes jambes comme un enfant qui s'élance vers son manège préféré. La fille grimpe plus haut dans l'arbre pour mieux le suivre, craignant qu'il ne soit pris d'un de ses étourdissements. Avec soulagement, elle le voit entrer dans la maison d'un pas alerte.

C'est à ce moment qu'un bruit étrange, comme le vrombissement amplifié d'un avion, secoue l'air, agitant les branches du camphrier. Mus par une intuition, tous se tournent vers la mer. Ce qu'ils voient alors, nul ne l'oubliera jamais : s'avançant vers eux à la vitesse d'un train, un immense mur gris avale tout sur son passage.

Ils n'ont que le temps de s'agripper à la branche sur laquelle ils sont assis quand l'arbre est frappé par le brisant de la gigantesque vague. Installé de façon trop précaire entre l'annulaire et l'auriculaire droit, Théophile se voit précipité dans le torrent quand son père l'attrape in extremis à bras le corps, lui-même entourant de ses jambes l'un des doigts de la sculpture. Gramoun hurle, appelant ses parents, non pas pour qu'ils le protègent, mais pour s'assurer qu'ils sont toujours là. Blozaire et ses deux frères sont agglutinés les uns aux autres et forment une chaîne solide à laquelle s'est accrochée leur mère. Pendant ce temps, ancré au majeur gauche, leur père, sentant quelque chose lui frapper le dos, glisse la main derrière lui et retire une énorme raie qui s'était plaquée sur sa nuque. Pendant encore un moment, c'est le tumulte. On n'entend que le hurlement furieux de formidables quantités d'eau qui déferlent sous eux, entraînant un parasol brisé, une table, une guitare, un pneu.

Puis, tout doucement, les eaux se calment et un vent tiède s'élève. Comme si rien de tout ça ne s'était produit. Le ciel est toujours bleu et le soleil brille effrontément. Sous eux, une vaste étendue d'eau boueuse recouvre le cimetière.

Le raz-de-marée n'a duré que quelques minutes.

Pourtant, le monde n'est plus le même.

La vie avant et après la nouvelle.

Au loin, on entend des cris, le bruit des sirènes, des appels au secours. Sonnés, les occupants de *L'Arbre aux prières* perçoivent tout ce brouhaha en décalage.

Ramenée à la réalité, Paulette redescend à toute vitesse, pose les pieds sur l'une des paumes et saute sans hésiter.

— Paulette ! hurle sa mère.

Faisant surface un peu plus loin, elle fait un signe de la main puis, sans perdre une minute, elle nage vers la maison. À une dizaine de mètres de celle-ci, elle entend à nouveau le vrombissement. Une nouvelle trombe se prépare. Aussitôt, Paulette s'accroche à la croix où, quelques semaines plus tôt, Blozaire s'était caché pour surveiller l'homme du cimetière. Elle s'y hisse et a tout juste le temps de passer ses deux mains derrière la tête du Seigneur quand, moins haute et moins violente que la première, une seconde vague s'abat sur le cimetière.

Paulette reste accrochée à la tête de Jésus durant de longues minutes, redoutant qu'une troisième trombe ne la surprenne à découvert, sans protection.

Enfin, les eaux s'apaisent.

Enfin, Paulette peut replonger et nager de toutes ses forces jusqu'à la maison. Entrant par une fenêtre sans carreaux, elle ne met pas de temps à repérer Max.

Le ventre appuyé à la rampe de l'escalier menant à l'étage, ses jambes et ses bras pendent dans le vide. Ballotté par le mouvement de l'eau, il ressemble à ces blessés qu'on ramène sur le dos d'un cheval dans les westerns.

— Max ?

Aucune réaction.

De l'eau jusqu'aux épaules, Paulette s'approche de l'escalier. Elle relève la tête de Max, se penche sous son visage. Il a la bouche ouverte, les yeux mi-clos et une ecchymose au front.

— Max ? répète-t-elle faiblement.

Elle colle son oreille contre sa bouche, mais n'entend rien. Elle voudrait qu'il relève la tête, lui fasse un clin d'œil, un sourire. Mais rien ne se produit. Que le discret mouvement des pieds et des mains au gré des vaguelettes qui les agitent.

Aucune trace de vie.

Paulette passe derrière Max et tire sur ses jambes. L'homme tombe à la renverse. Elle aperçoit l'appareil photo autour de son cou.

Max voulait immortaliser ce moment.

Paulette tire le corps de l'artiste jusqu'à l'escalier. Elle se demande comment le ramener vers l'arbre. Pas question de le laisser là. Sa place est avec eux, dans les mains de *L'Arbre aux prières*. Tout à coup, elle entend frapper sur le mur de la maison. Elle se penche par une fenêtre et découvre le visage de Max en colère, Max assis dans une chaloupe qui flotte au milieu d'un océan où affleure l'extrémité de ses autres sculptures.

Paulette fait passer l'embarcation par une fenêtre à double battant et la traîne jusqu'au corps de Max. Tant bien que mal, elle couche le sculpteur au pied de sa réplique en bois et, les deux mains posées sur la poupe, elle pousse avec ses jambes sur la chaloupe.

Une fois l'embarcation parvenue au pied de *L'Arbre aux prières*, le père de Paulette et celui de Gramoun hissent en silence le corps inerte du sculpteur et le couchent sur la paume droite, la tête appuyée contre le pouce. Paulette grimpe à son tour, s'installe à côté de lui, prend sa main dans la sienne et la pose contre son visage. Couchés sur un doigt, Gramoun, Blozaire et Théophile n'osent pas parler. Les parents de Blozaire récitent une prière.

Les premiers secours les trouveront près de douze heures plus tard.

— Le dernier endroit où on s'attendait à trouver des survivants, diront-ils, c'était bien au cimetière.

Une année a passé. Une année de nettoyage et de reconstruction. L'île se débrouille pour survivre comme toujours malgré le tsunami qui a fait des centaines de morts. Paulette et ses amis ne vont pas souvent à l'école puisqu'elle a été fortement endommagée et que deux enseignantes font partie des victimes.

En revanche, la jeune fille travaille beaucoup au cimetière. Elle a replacé les sculptures de Max qui, à cause de leur séjour prolongé dans l'eau, resteront foncées d'un côté et pâles de l'autre. Elle a nettoyé chaque pièce du rez-de-chaussée, jetant tout ce qui dégageait une odeur de moisi ou qui semblait trop abîmé.

Les livres, sur la tablette du bas de la bibliothèque, *Tom Sawyer, Gulliver et Don Quichotte*, sont irrécupérables. Ironie, *Moby Dick* a aussi péri dans les eaux.

Dehors, la table en fer forgé n'a pas bronché.

Cependant tout le reste sera à refaire, y compris la terrasse.

Déambulant dans le cimetière, Paulette regarde le lecteur, toujours étendu, lorgnon au nez, manches retroussées, son *Don Quichotte* dans la main et, plus loin, la musique qui pleure toujours. Parvenue à *L'Arbre aux prières*, la jeune fille remarque une étrange tache sur le pouce droit. Munie d'un papier de verre, elle grimpe et découvre que la tache est en fait un bourgeon, un minuscule bourgeon annonçant l'arrivée d'une ramure. Et ce bourgeon se trouve exactement là où était posée la tête de Max.

Paulette pourrait en jurer.

happy end

*Le cinéma est une
réinterprétation du monde.*

Gaspard Noé

Victor Miller termine son muffin, regarde sa montre et décide de s'offrir le luxe d'un deuxième café. Au son du liquide tombant dans la tasse, il entend la voix de sa femme.

— Pas trop de café, Victor chéri. Tu sais qu'après trois tasses, tu te traînes une nausée qui dure tout l'avant-midi.

Il sourit, ajoute un peu de lait et avale une gorgée du liquide bienfaisant.

— Ce n'est que ma deuxième tasse, Val.

Le ton de sa femme se fait tout de suite conciliant comme celui d'une mère accordant une permission à son enfant.

— Si ce n'est que ta deuxième, alors ça va…

Il tend le bras, la regarde. Valérie, Val.

Magnifique dans cette robe fleurie à minces bretelles. Un cadeau de Victor.

— Qu'y a-t-il ? demande-t-elle.

— Rien. Je te regarde.

— C'est ce matin que ça commence, n'est-ce pas ?

— Oui.

Dans sa voiture, en route pour le Palais de justice de Los Angeles, Miller est toujours habité par la voix de Valérie, par son sourire. Après tant d'années, quelle chance il a d'être attaché à ce point à sa femme alors que plusieurs de ses amis et collègues sont séparés ou pire, chargés d'une armée de maîtresses à entretenir. Personne d'ailleurs ne comprend cet amour qui dure. Pour Victor, seule Valérie compte. C'est elle qui l'a mis au monde en quelque sorte. Sans elle, rien de tout ça n'existerait.

Arrêté à un feu de circulation, Victor se remémore les événements qui l'ont mené devant le juge. Il se revoit, ce matin d'avril, entrer dans son bureau où Karen, sa secrétaire, l'avise que trois producteurs, plusieurs réalisateurs et grands pontes des studios sont déjà dans la salle de projection ainsi que les personnes du groupe témoin.

Deux heures plus tard, la projection est terminée. La lumière n'a pas sitôt été faite qu'on entend pousser les hauts cris.

— C'est une honte ! s'écrie Jack Roth, un réalisateur qui s'est fait une réputation de puriste en s'opposant à la colorisation des vieux films noir et blanc.

— Un véritable sacrilège ! ajoute Casey Brook, une productrice qui compte une bonne demi-douzaine de statuettes dorées sur le manteau de sa cheminée.

— Ce film a perdu tout son tonus, s'insurge Mel O'Donovan, un réalisateur chevronné. Qui vous a autorisé à massacrer un aussi grand chef-d'œuvre ?

— Je connais très bien Milos Forman, dit Fred Shoemaker, patron de la New Line. Jamais il n'a pu donner son accord à pareil outrage !

— Je ne le lui ai pas demandé, répond calmement Victor Miller.

Cette réponse est accueillie par une salve de cris. Victor et ses deux associés se regardent en esquissant un sourire triste. En réalité, ils s'attendaient à cette levée de boucliers. Ils savaient la controverse que leur produit susciterait, mais ils étaient convaincus que la possibilité d'augmenter les recettes de films déjà tournés ou de faire renaître de vieilles œuvres oubliées finiraient par séduire les spécialistes, en particulier les producteurs et les patrons des studios. Ils étaient persuadés qu'ils accepteraient, après quelques objections pour la forme, de voir leurs films transformés par sa compagnie.

Les trois hommes sont déçus.

On entend régulièrement les mots « avocats », « poursuite » et « injonction » depuis une heure que dure cette foire d'empoigne. Victor ne peut s'empêcher de songer aux paroles de Groucho Marx dans *A Night at the Opera* : " *Of course you know this means war !* "

Ce sera la guerre, en effet.

Victor gare sa voiture et monte les marches menant au prestigieux édifice. Après avoir repéré la salle, il s'assoit devant la grande porte et tourne la tête vers une grappe d'avocats qui discutent. Le sourire que lui lance l'un des hommes semble dire : « Et vous pensez avoir une chance de gagner ? »

Victor regarde sa montre. L'audition est sur le point de commencer. Son avocat lui a expliqué comment les choses se passeront. Chaque partie présentera ses arguments devant le juge. Celui-ci posera ensuite des questions auxquelles les avocats des deux parties auront une chance de répondre. Ensuite, il décidera si la compagnie de Victor doit ou non cesser sur-le-champ toute activité, dans l'attente du procès proprement dit.

La salle se remplit peu à peu. Pour la plupart, il s'agit de gens du milieu du cinéma que Victor reconnaît : réalisateurs, producteurs, agents d'artistes. Le reste est constitué de retraités qui n'avaient sans doute rien de mieux à faire en ce mardi matin. Il entre et s'installe à côté de son avocat, Me William Garner, qui se retourne et lui adresse un sourire plein de confiance. Dans la jeune cinquantaine, maître Garner est connu pour avoir la repartie facile et une manière de ne jamais se laisser démonter même devant les attaques les plus inattendues. Exactement le genre d'homme qu'il fallait à Victor.

Le juge explique aux parties de quelle manière se dérouleront les représentations.

— La demande d'injonction ayant été émise par un regroupement de studios des États-Unis et d'Europe, dit-il, ainsi que par une centaine de producteurs, j'accorderai d'abord la parole à l'avocat de la partie plaignante.

Devant une salle maintenant comble, l'avocat représentant les studios entame sa représentation. L'homme, petit et costaud, porte une épaisse chevelure rousse qu'il attache en queue de cheval. Il se déplace rapidement dans la salle, comme quelqu'un qui aurait des choses bien plus importantes à faire.

— Votre Honneur, dit-il, je serai bref. Les activités de la compagnie que dirige monsieur Miller vont à l'encontre du respect le plus fondamental du droit d'auteur, sans parler du droit de propriété intellectuelle et morale protégé par la Constitution. L'interdiction de reproduire l'œuvre par quelque moyen que ce soit, émise au début de chaque film, est d'autre part on ne peut plus claire et ne tolère aucune exception. Ce que fait la compagnie de monsieur Miller dénature totalement le message original des œuvres qu'il traite. Cela nous apparaît inacceptable sur le plan éthique sans compter que c'est tout à fait illégal. Chaque œuvre retouchée par la compagnie du défendeur est une infraction à plusieurs articles de loi du Code civil des États-Unis d'Amérique, articles que nous nous abstenons de citer pour ne pas faire perdre plus de temps qu'il ne faut à cette cour, mais dont nous déposons la nomenclature pour références futures. En conclusion, Votre Honneur, au vu du jugement qui ne manquera pas d'être rendu en notre faveur au moment du procès, nous vous demandons l'émission d'une injonction à l'endroit de la maison de production de monsieur Miller afin qu'il sursoie immédiatement à ses activités. Merci, Votre Honneur.

Le juge se tourne vers les avocats de Victor.

— J'entendrai maintenant les avocats de la défense, dit-il d'un ton bourru.

Grand et mince, avec une touche de gris sur les tempes, William Garner prend la parole d'une voix où on sent poindre l'amusement.

— Votre Honneur, permettez-nous d'abord de mentionner que notre client a toujours offert de payer les droits de reproduction aux studios. À preuve, plusieurs copies de lettres datées et enregistrées pour lesquelles monsieur Miller n'a jamais obtenu la réponse. Même pas un accusé de réception.

— Votre Honneur, objecte l'avocat de la partie plaignante, la partie adverse sait-elle combien de lettres de ce genre nous recevons chaque jour ? S'il fallait…

— Maître Jackson, interrompt le juge, pour le moment, la parole a été donnée à l'avocat de la défense. Si tel est votre désir, vous aurez un nouveau tour de parole lorsque maître Garner en aura terminé. Poursuivez, maître Garner.

— Merci, Votre Honneur, dit l'avocat. J'ai entendu la partie adverse invoquer le respect des droits d'auteur. Cela m'apparaît curieux venant de représentants d'un milieu, celui du cinéma, où plus d'œuvres ont été dénaturées que nulle part ailleurs. Combien d'auteurs se sont plaints d'avoir vu leurs nouvelles, romans ou pièces de théâtre complètement transformés, altérés, quand on les a adaptés pour le grand écran.

L'avocat fait une pause afin de donner le temps à cette première attaque de faire image, le juge ayant sans doute quelques romans en mémoire dont l'adaptation cinématographique fut rien de moins que lamentable.

— Votre Honneur, poursuit-il, de tout temps, bien des œuvres ont eu à subir certaines modifications pour satisfaire aux diktats de l'époque. Combien de contes de Grimm ou de Perreault ont été ainsi modifiés. La fin de Blanche-Neige, Votre Honneur, en est un brillant exemple. Considère-t-on aujourd'hui qu'on a manqué de respect envers cette histoire de méchante belle-mère et de douce belle-fille recueillie par des nains et sauvée de la mort par le baiser d'un prince ? Ma foi, non. La version qu'en fit Walt Disney a raflé suffisamment de récompenses pour faire foi de ses qualités artistiques. Et pourtant, qui parmi nous connaît le sort véritable que réservèrent les frères Grimm à la méchante belle-mère au miroir ? Personne, bien sûr.

Avec un bel effet dramatique, l'homme de loi saisit un vieux bouquin aux pages cornées, l'ouvre à l'endroit marqué d'un signet et s'approche du juge.

— J'ai entre les mains une version originale du premier livre de contes publié par Jacob et Wilhelm Grimm. Avec votre permission, Votre Honneur…

Sur un signe de tête du juge, l'avocat se met à lire d'une voix lente afin que chaque mot se fraie un chemin jusqu'à l'esprit des auditeurs. De temps à autre, il lève les yeux pour vérifier s'il a toute l'attention du magistrat. Celui-ci semble boire ses paroles.

— « *On s'empara alors de la marâtre, et on lui fit chausser des sabots de fer. Puis on l'attacha à la branche basse d'un arbre et on alluma un feu sous ses petons. La méchante drôlesse devait danser pour ne pas se brûler les pieds. Elle dansa et dansa en hurlant de douleur. Elle dansa et sauta si bien qu'elle en mourut d'épuisement. »*

L'avocat referme le livre.

— A-t-on dénaturé *Blanche-Neige*, Votre Honneur ? Et combien d'autres *Cendrillon* et *Petite Sirène* ont été transformées, adaptées de même manière ? Combien de versions différentes existe-t-il de l'*Iliade* et de l'*Odyssée* ? Avec le temps, il n'est que normal qu'une œuvre soit redite, racontée autrement, interprétée, que des éléments jugés trop ceci ou pas assez cela en soient gommés. Pourquoi le cinéma ferait-il exception ? Quand Disney a raconté sa version de Pinocchio, a-t-il mentionné, bien en vue sur l'affiche, ou plus tard sur le boîtier, que son film était une adaptation très libre du roman de Carlo Collodi ? Qu'on n'y trouvera aucune trace de la fillette aux cheveux bleu nuit, morte de chagrin d'avoir été abandonnée par *Pinocchio* ni du séjour de ce dernier en prison ? Les studios Disney ont pris le parti d'oblitérer ces moments de l'histoire pour préserver l'âme des enfants. Cela n'est pas très différent de ce qui nous motive, Votre Honneur.

— Ce qui vous motive, n'est-ce pas surtout l'argent ? réplique le juge sans regarder l'avocat.

— Non, Votre Honneur ! s'écrie Victor. Notre motivation est d'abord de transformer la réalité. L'art peut nous sauver, monsieur le juge, faire de nous de meilleures personnes et…

Le juge l'interrompt en frappant sur le bureau avec son maillet.

— Monsieur Miller, vous avez un avocat pour vous représenter. Je ne vous le dirai pas une seconde fois. Poursuivez, maître.

— J'en ai presque fini, Votre Honneur. Les produits que, jusqu'à maintenant, nous avons vendus en privé à nos clients sont parfaitement identifiés par le logo de la compagnie. On y voit clairement le *H* et le *E* entrelacés pour *Happy End*. Aucune chance de se tromper. Quand les gens achèteront ou loueront une version *happyendée*, ils sauront tout de suite qu'il ne s'agit pas de l'œuvre originale. Il n'y a donc ni duperie ni supercherie. Le client est informé.

— Pour les besoins du greffier, maître Garner, dit le juge, veuillez me décrire ce que la compagnie *Happy End* offre comme service à ses clients.

— Votre Honneur, répond l'avocat, à la demande de nos clients, nous refaisons un ou quelques passages d'un film, ou encore sa fin, parce que jugés trop tristes. Certains clients disent même « traumatisants ».

— Par exemple ?

— La semaine dernière, grâce à nos bons soins, au lieu de mourir sur un lit d'hôpital psychiatrique après avoir subi une lobotomie, Randall McMurphy, le personnage que joue Jack Nicholson dans le film *Vol au-dessus d'un nid de coucous*, s'évade avec son ami Chief, le géant amérindien, sous le regard médusé des autres pensionnaires et de l'infirmière contre qui il s'était révolté.

À ce moment, un homme se lève dans la salle et pointe un doigt accusateur en direction de Miller.

— Et avec ce mort « ressuscité », s'écrie Dexter Poindexter, critique au *Los Angeles Times*, ce film se trouve réduit à une bluette insignifiante ! Je l'ai vu !

Le juge ordonne au journaliste de se taire en frappant sur son bureau avec la main. Mais l'avocat de Victor se tourne vers le juge.

— Avec la permission de la cour, dit maître Garner, j'aimerais répondre à cette remarque du vénéré critique Dexter Poindexter. Puis-je, Votre Honneur ?

Le magistrat acquiesce.

S'emparant d'une liasse de papiers, l'homme de loi fixe Poindexter.

— Voici, dit-il, ce que certains membres des groupes témoins que nous avons fait venir dans nos studios pensent de la version remaniée du film de Milos Forman.

L'avocat prend un papier et se met à lire.

— « *J'ai dû voir* Vol au-dessus d'un nid de coucous *au moins cinq ou six fois dans ma vie. Les grimaces et le sourire de McMurphy à la fin du film m'ont fait du bien, un très grand bien, tout comme de le voir courir vers la liberté avec Chief.* »

Il prend une nouvelle feuille.

— « *On se sent soulagé. Ce que cette nouvelle fin nous dit c'est qu'on peut choisir de s'opposer à la répression, comme le fit Mc Murphy, qu'on peut se lever et dire non, sans avoir à payer de sa vie un tel geste. J'adore.* » En voici un autre, Votre Honneur, et spécialement pour vous, monsieur Poindexter : « *Ma sœur aînée a été internée à une certaine époque. Elle avait le tort de trop aimer les hommes. Mes parents crurent bien faire. Elle fut diagnostiquée hystérique. Chaque semaine, je la voyais dépérir. Après cinq mois d'internement, on l'a retrouvée morte un matin. Elle s'était suicidée en bloquant ses voies respiratoires avec du sucre. La résurrection de McMurphy m'a fait pleurer de joie. Merci.* »

— Votre Honneur, objecte maître Jackson en se levant, un film ne peut pas toujours bien se terminer, c'est insensé. Convenez qu'il y a parfois plus de grandeur dans la défaite que dans la victoire, plus de sens et d'éclat dans une mort sublime que dans une vie de bonheur insignifiant. Si nous perdons cette perspective, nous risquons d'envoyer de faux messages à notre jeunesse.

— Comme celui de ne pas mourir à la guerre, maître ? demande maître Garner.

— Cela n'a strictement rien à voir, répond l'avocat.

— Oh que si ! Quand on ose qualifier le bonheur d'insignifiant et la mort de grandiose, éclate Garner, cela ressemble dangereusement à un discours faisant l'apologie de la guerre. La mort ne représente qu'une chose : l'arrêt de la vie. Froide, noire, triste. Un état où on cesse de profiter des choses. Chez *Happy End*, on choisit la vie et l'espoir qu'elle porte. Comme il fait bon de voir Humphrey Bogart et Ingrid Bergman écouler des jours heureux à *Casablanca*, en écoutant le vieux Sam jouer du piano ! Comme il fait bon de voir le père dans Le *Voleur de bicyclette* retrouver cet objet sans lequel sa famille et lui seront irrémédiablement condamnés à la pauvreté ! Comme cela fait du bien que Roberto Benigni sorte du tank pour embrasser son fils et sa femme à la fin de La *Vita è bella* ! Nous traînons tous de petites tragédies en nous. Plusieurs ont appris à vivre avec, et d'autres ont envie de mettre un baume sur la blessure, remplacer l'image de ce qui a été jusqu'à maintenant par celle de ce que cela aurait pu être. Chez *Happy End*, nous voulons leur donner ce choix. Bonheur ou malheur ? Amour ou haine ? Maladie, guérison, richesse ou pauvreté ? Tout est question de choix dans un pays libre.

Un silence de quelques secondes suit cet émouvant discours que l'avocat avait prévu de livrer un peu plus tard au cours du procès. Mais qu'importe ! Il faut savoir improviser, s'adapter au déroulement des événements.

— Tout cela est bien, dit le juge. Mais qu'advient-il de l'œuvre originale ? N'est-elle pas trahie par vos versions ?

L'avocat de la défense saisit une nouvelle feuille dans la pile.

— Vous permettez ? dit-il en la brandissant. J'aimerais laisser à une jeune femme de vingt ans le soin de répondre à votre question, Votre Honneur. « *Quant à savoir, écrit-elle, si l'œuvre originale a été trahie, je dirai qu'elle est différente, c'est tout. D'ailleurs, j'ai lu le roman duquel on a tiré le film* Vol au-dessus d'un nid de coucous *et je vous assure que le réalisateur a lui-même pris de grandes libertés avec le livre. Alors comment établir la distinction entre ce qu'un réalisateur fait d'un livre et ce que les gens de chez* Happy End *font d'un film original ?* »

Pendant que le juge examine ses notes, maître Jackson se lève d'un bond.

— Cela n'a rien à voir ! Les studios ont payé l'auteur du livre pour adapter son œuvre au cinéma ! Il a accepté ! Qu'il s'en dise insatisfait par la suite est fort regrettable, mais le fait demeure, il a accepté de signer le contrat et encaissé le chèque qui allait avec.

— Avez-vous une réponse, maître Garner ?
demande le juge.

— Votre Honneur, répond l'avocat, l'argent
n'y est pour rien puisque nous avons à maintes reprises proposé aux grands studios de
lucratives ententes financières. Mais ceux-ci
demeurent campés sur leur position avec pour
seul argument le respect de l'œuvre. Or, nous
l'avons démontré, il s'agit d'un principe auquel
les studios ne souscrivent eux-mêmes que rarement.

Le juge reste un moment immobile, plongé
dans une profonde réflexion. Puis il cherche
du regard un des huissiers à qui il fait signe.
Celui-ci sort aussitôt de la salle.

— Maître Garner, dit le juge, vous avez
apporté la copie d'un film dont la fin a été
modifiée par les gens de Happy End.

— C'est exact, Votre Honneur. Comme
nous voulions que vous puissiez apprécier la
qualité de notre travail, nous vous avions
demandé de nous soumettre une liste de films
que vous aviez vus afin que vous puissiez comparer les deux versions. Dans cette liste de
films, nous en avons trouvé quelques-uns déjà
modifiés par nos studios, et en avons choisi un
dont nous sommes particulièrement heureux.

L'idée de la liste de films soumis par le juge
venait de maître Garner. Une tactique brillante
de l'avocat qui lui permit de connaître l'homme

derrière le magistrat. Pour maître Garner, de même que pour Victor, la liste des films préférés d'une personne peut en révéler presque autant qu'un journal intime. L'information que recelait cette liste s'avéra fort précieuse dans la préparation de la représentation.

Contenant mal sa hâte et sa curiosité, le juge se frotte les mains.

— Eh bien ? De quel film s'agit-il, maître Garner ?

— Nous avons choisi *Old Yeller*, Monsieur le juge, un produit des studios Disney.

Sourire furtif du juge. Homme de nature et de plein air comme sa liste le laissait deviner, c'est l'un de ses films préférés. Se tournant vers le grand écran que l'huissier vient de faire abaisser, le magistrat, péremptoire, demande que les lumières soient tamisées.

— Mais avant qu'on ne projette le film, Votre Honneur, il serait important de resituer l'action. Après tout, nous n'en verrons que les quinze dernières minutes.

— Bien sûr, dit le juge qui connaissait ce film par cœur. Procédez.

— À la fin de la version originale, le jeune Travis, le personnage principal, se voit forcé de tuer son chien adoré Yeller. Hélas ! Celui-ci a contracté la rage en défendant sa famille contre les attaques d'un loup. Dans la version produite par *Happy End*, le vieux Yeller sera évidemment sauvé.

Les lumières s'éteignent alors que, sur l'écran, on voit en effet le jeune Travis s'apprêtant à tirer sur Yeller dont l'écume aux lèvres ne laisse aucun doute sur le mal dont il est atteint. C'est alors que, dans une scène inédite, le premier propriétaire du chien intervient avant le coup de feu fatal. Vêtu d'un sarrau blanc, celui-ci annonce qu'il a trouvé un remède contre la rage. Au bout de trois mois de traitements, ponctués de hauts et de bas, Yeller, le chien bien-aimé, est finalement sauvé.

On refait la lumière. Le juge se frotte les yeux, maugréant contre la soudaine clarté des lieux.

— Je dois admettre, dit-il en reniflant, que le résultat est remarquable.

— Nous n'avons jamais contesté la qualité du résultat, Votre Honneur, objecte l'avocat de la poursuite. Nous nous insurgeons contre le principe.

— Nous connaissons la nature de vos doléances, coupe le juge. J'ai cru nécessaire de mentionner que j'étais surpris de la qualité du produit eu égard au greffier qui doit tout noter. Avez-vous besoin d'autres éclaircissements sur ma conduite, maître ?

— Bien sûr que non, Votre Honneur, dit maître Jackson en se rassoyant.

Le magistrat se tourne de nouveau vers maître Garner.

— Comment les gens de monsieur Miller s'y prennent-ils pour en arriver à ce degré de perfection ? demande-t-il.

— Avec votre permission, Votre Honneur, répond l'avocat, comme mon expertise se limite au droit, je demanderais à monsieur Miller de vous l'expliquer lui-même.

— À vous la parole, monsieur Miller, dit le juge.

Un bref mouvement de protestation du côté de la poursuite suit la permission accordée par le juge. Victor Miller se lève pendant que maître Jackson fait de son mieux pour calmer ses gens. En passant devant Victor, maître Garner serre l'avant-bras de son client et lui adresse un clin d'œil. « Tout baigne ! » murmure-t-il.

— À vrai dire, commence Victor, notre procédé est assez simple, monsieur le juge. Mais il demande du temps. Nous utilisons des logiciels de notre création qui parviennent à dupliquer la texture d'un film : le grain de la photographie, le son ambiant, l'éclairage, la couleur. Nous utilisons des éléments du film que nous transposons dans les scènes que nous créons, les modifiant de façon à les rendre méconnaissables.

— Expliquez-nous comment on a créé la guérison de Yeller, propose le juge.

— La scène où Yeller combat le virus de la rage a été composée en utilisant celles où il se bat contre le loup en y mêlant d'autres scènes du film. Nous avons électroniquement effacé le loup de l'image, modifié les expressions de l'animal, grossi certains plans et transposé un nouveau décor. Parfois, on doit travailler l'image pixel par pixel pour obtenir un maximum de netteté et une conformité avec la texture du film.

— Un travail de moine, commente le juge.

— C'est extrêmement long en effet, Votre Honneur. Mais la perfection est à ce prix et, chez *Happy End*, nous respectons trop les œuvres sur lesquelles nous travaillons pour nous contenter de moins.

— J'ai maintenant une drôle de question, monsieur Miller, poursuit le juge. Est-ce qu'il vous arrive parfois d'utiliser des… des sosies pour refaire une scène ?

— En effet, Votre Honneur, répond Victor. D'ailleurs, sauf votre respect, vous a-t-on déjà dit que vous-même ressembliez beaucoup à l'acteur Sean Connery ?

Le juge affiche un large sourire.

— On m'en a souvent fait la remarque, dit-il.

— Il y a deux ans, raconte Victor, nous avons découvert une agence spécialisée dans les sosies des vedettes du cinéma d'hier et d'aujourd'hui. Votre Honneur, si vous songez à une seconde carrière après votre retraite, je serai heureux de vous laisser leur carte.

Le juge éclate de rire, visiblement tombé sous le charme de Victor.

— Nous avons récemment fait appel à leurs services quand nous avons eu besoin d'un double de Gary Oldman afin de refaire une scène du film *Ludwig Van B.*

En entendant le titre de ce film, la salle d'audience se met à bourdonner.

« Quel film émouvant ! »

« Oldman est extraordinaire dans le rôle de Beethoven ! »

« C'est si triste à la fin lorsque cette pauvre femme pleure sur la lettre que… »

— Plus dans notre version ! coupe Miller. Nous avons entièrement refait la scène où Beethoven arrive en retard à l'hôtel et manque le rendez-vous qu'il avait avec la femme de sa vie. Dans la version des studios *Happy End*, les deux personnages, joués par des sosies, s'aperçoivent sur le palier de l'escalier et se tombent dans les bras. Ils vivent heureux et entourés d'une ribambelle d'enfants. En santé malgré sa surdité totale – dont nous avons un moment songé à le guérir – Beethoven compose même une dixième symphonie.

— Vous me semblez prendre d'audacieuses libertés avec l'histoire, monsieur Miller, s'étonne le juge.

— N'est-ce pas la prérogative de l'art, Votre Honneur ? demande Victor d'une voix candide. L'art ne sert-il qu'à transposer la vie ou ne doit-il pas la transcender, la transfigurer ? Une œuvre d'art, qu'elle soit sculpture, roman ou film, n'est pas un manuel d'histoire ou un traité de physique. Si tel était le cas, la science-fiction n'existerait pas, non plus que le fantastique ou le surréalisme. Superman ne volerait pas !

Des éclats de rire secouent l'assemblée. Le juge frappe de son maillet sur le socle, mais ne peut s'empêcher de sourire lui aussi.

Victor regarde les quatre avocats de la partie adverse dont celui au sourire narquois. Tout comme ses associés, il a perdu de sa superbe, et les représentants des studios affichent des mines d'enterrement.

— Votre Honneur, poursuit Miller, permettez-moi de vous citer cette phrase d'un écrivain appelé Fernando Pessoa : « *La littérature, dit-il, comme toute forme d'art, est l'aveu que la vie ne suffit pas.* » Je crois qu'il faut aller plus loin que la vie, il faut secouer l'édifice des vérités immuables, Votre Honneur, et rêver comme rêve un enfant.

Quelques applaudissements suivent cette déclaration. Victor note qu'ils viennent surtout des derniers bancs occupés par les retraités.

— J'ai une autre question, monsieur Miller, dit le juge qui semble s'intéresser de plus en plus à l'aspect technique de l'affaire. Qu'en est-il des voix ? Êtes-vous toujours en mesure de les contrefaire aussi parfaitement ?

— Les voix des scènes refaites sont reproduites électroniquement. Seul un appareil cent fois plus sophistiqué que nos oreilles arriverait à percevoir les traces du montage. Nous constituons une banque de tous les phonèmes et diphtongues, accents toniques particuliers, intonations et liaisons de chaque acteur, et nous en faisons une transcription phonétique. Nous n'avons ensuite qu'à écrire le texte désiré sur le clavier. Notre logiciel de duplication de la voix produit alors la phrase telle que l'aurait dite Audrey Hepburn ou Marcello Mastroianni. Notre duplicateur de voix peut même « improviser » une phrase, dans la logique du personnage qu'il imite, afin d'assurer plus de réalisme à la réplique.

— Étonnant ! dit le juge.

Il fixe Victor Miller comme s'il avait devant lui un nouveau Léonardo da Vinci. Retrouvant peu à peu ses esprits, le juge pose la question suivante sur un ton grave, détachant chaque mot.

— Monsieur Miller, êtes-vous prêt à verser un montant substantiel pour l'utilisation que vous faites de chaque film ?

— Nous l'avons toujours été, Votre Honneur.

— J'ai maintenant une dernière question pour vous avant de prendre la question en délibération : quel intérêt aviez-vous à rendre votre travail public ? On me dit qu'opérant dans la clandestinité, votre compagnie roulait sur l'or rien qu'avec les clients recrutés dans Internet et grâce au bouche à oreille. Pourquoi risquer autant en devenant une entreprise publique ?

— Question de démocratie, Votre Honneur, répond adroitement Victor. Nous désirons en faire profiter le plus de gens possible. Que tous ceux et celles qui portent dans leur cœur la fin triste d'un film puissent guérir cette blessure en regardant des images convaincantes de ce qu'ils auraient voulu voir.

Le juge s'appuie au dossier de cuir noir de son fauteuil. La salle baigne dans un silence total pendant qu'il observe d'un œil d'aigle les gens qui sont assis devant lui.

— Je vais prendre en considération ce que j'ai vu et entendu aujourd'hui et je rendrai mon jugement demain à 10 heures.

Puis, sans dire un mot de plus, il se lève et disparaît derrière la porte menant à son bureau. Le greffier annonce la fin de l'audience.

À la sortie, trois hommes dans la fin de la soixantaine avancent lentement vers Victor Miller et les avocats de *Happy End*.

— Que Dieu vous bénisse ! dit l'un des hommes d'une voix éraillée. Je vous souhaite de gagner ! Les images au cinéma ont une grande puissance. Il m'apparaît injuste que seules quelques personnes puissent nous imposer une vision indélébile et souvent pessimiste de la vie. Je garde en mémoire d'éprouvantes scènes de films de guerre que j'aimerais bien voir transformées par vos studios. Auriez-vous, par hasard, travaillé sur le film *Platoon* ?

Victor sourit aux trois hommes. Oui, il a déjà livré cinq versions *happyendées* de ce film. Au lieu de mourir abandonné dans la jungle au milieu de soldats ennemis, le sergent Elias Grondin est récupéré *in extremis* par un second hélicoptère et rapatrié aux États-Unis, la poitrine couverte de médailles. La rumeur veut que l'acteur Willem Dafoe, qui prête ses traits à Élias Grondin, aurait lui-même commandé l'une de ces cinq versions.

— Dieu vous bénisse ! s'exclament à nouveau les trois gaillards en quittant la salle.

Ce soir-là, après le souper, le juge discute avec Marilyn, son épouse, de cette singulière affaire. Comme chaque fois qu'un procès le préoccupe, sa compagne le laisse parler. Elle l'écoute vider son sac, raisonner à haute voix, opposer les arguments jusqu'à ce qu'il se soit convaincu lui-même de la décision à prendre.

Celle qu'il a toujours su qu'il allait prendre.

— Tu comprends, Marilyn, une œuvre est une œuvre et elle appartient d'abord à son créateur... C'est admis, nous devons respecter ça... Cependant... C'est aussi quelque chose qui appartient au public, c'est... vivant, une œuvre, ça continue d'évoluer. Combien de pièces musicales furent transformées au fil des ans, rendues plus ou moins rythmées... adaptées au gré des courants musicaux... Et puis, tu te souviens de cette peinture de la Joconde, avec moustache et barbiche, refaite par cet artiste français...Marcel Duchamp, je crois bien... C'était la Joconde... mais porteuse d'un autre message. Ces gens non plus ne prétendent pas qu'il s'agit de l'œuvre cinématographique originale... Ils offrent une alternative... et ils l'identifient comme telle. Une alternative... N'est-ce pas ça, faire de l'art ? Proposer une vision nouvelle, différente ? Je suis persuadé qu'il existe d'innombrables scènes de films dont l'horreur ou la tristesse restent gravées dans la mémoire des gens et qui sont, en effet, comme une blessure qui ne guérit jamais...

Le juge boit une gorgée de son thé.

— Oui, Marilyn, poursuit le juge, on a tous de ces scènes qui restent en nous... Tiens ! À chaque Noël, quand les petits et moi regardons le film de Frank Capra, *La vie est belle*, un détail de ce film me déplaît depuis toujours... Tu sais, le bonhomme Potter ? Celui à cause de qui tout ce malheur est arrivé... Il ne paie jamais pour son crime !

Le vieux magistrat frappe du poing sur le bras de son fauteuil.

— Potter sait fort bien que l'argent qu'il a trouvé appartient à George Bailey, mais il décide, pure méchanceté, de le garder. Cela s'appelle du vol ! Et tout homme épris de justice a sûrement du mal à vivre avec l'idée que ce vieil avare n'a jamais eu à répondre de sa malhonnêteté. Ce genre d'injustice, Marilyn, peut te hanter très longtemps, tu sais.

L'homme prend une nouvelle gorgée de thé sous l'œil attendri de sa femme. Elle sait qu'il vient d'arrêter sa décision.

Elle sait aussi ce qu'elle lui offrira comme cadeau pour son soixantième anniversaire.

Le lendemain, à 10 h 30, alors qu'il sort du Palais de justice entouré de photographes et de journalistes, Victor, tout sourire, félicite ses avocats.

En rentrant chez lui, le patron de *Happy End* est accueilli par la voix de Valérie.

— Alors ? demande-t-elle, une pointe d'anxiété dans la voix.

— Devine !

— Ce ton joyeux laisse croire que tu as gagné !

— Temporairement. La demande d'injonction a été rejetée. Mais ils vont porter la cause en appel. Cela risque de traîner. Pendant ce temps, je peux accepter les commandes des clubs vidéo, des chaînes de magasins, des canaux de télévision par câble…

— Quand le véritable procès aura-t-il lieu ?

— Dans trois ou quatre ans ! Peut-être plus. Cela laisse du temps.

— Qu'aurais-tu fait si le juge avait accepté la demande des studios ?

— J'avais prévu le coup. J'ai tout filmé. J'aurais confié cela à mes techniciens et… ils auraient *happyendé* la décision du juge !

Val éclate de rire. Ce rire est une cascade d'eau fraîche par une journée de canicule. Victor se rend à la salle de cinéma maison.

— Que fais-tu ? demande Val. Tu n'ouvres pas le champagne ?

— Pas tout de suite, répond Victor. J'ai envie de regarder ma première production, celle par laquelle tout a commencé.

— Laquelle ? *Johnny s'en va-t-en guerre* ? *Jules et Jim* ?

— Bien avant ça.

— *Les parapluies de Cherbourg* ?

— Tu n'y es pas du tout.

Il sort un DVD d'une boîte blanche et le glisse dans le lecteur.

C'est un film maison.

Sur l'écran, tenant une paire de palmes, un masque de plongée et un tuba, Val avance vers l'eau et marche jusqu'à ce que les vagues atteignent sa taille. Là, elle chausse les palmes, ajuste le masque et le tuba et s'enfonce dans l'eau grise.

Le temps passe.

Parfois, on voit Victor, plus jeune, marcher vers la rive, porter la main au-dessus de ses yeux pour cacher le soleil, tenter de repérer le tuba de Val. Rien.

Puis, on voit Victor, l'air affolé, courir vers la gauche et disparaître du champ de la caméra. Un moment après, un canot automobile, celui des sauveteurs, se dirige vers le large, coupe les moteurs et se laisse flotter au gré des vagues.

Un homme plonge suivi d'un deuxième.

En regardant ces images, Victor ne peut empêcher les larmes de monter.

Puis, quelqu'un sort de l'eau. Un des sauveteurs. Il tient une autre personne : Val avec son masque, ses palmes et son tuba. On la hisse à bord. Le canot automobile disparaît quelques instants puis reparaît et vient s'échouer sur la rive. On sort le corps inerte de Valérie, on l'étend sur le sable.

Victor se jette sur elle, la tourne sur le côté pour faire sortir l'eau de la gorge et des poumons, puis il lui donne la respiration artificielle, bouche à bouche. Les sauveteurs tentent de l'arracher, mais il les repousse.

Gros plan sur une bouche, celle de Val, qui crache un peu d'eau. Elle ouvre les yeux et embrasse son sauveteur sous les applaudissements de la foule qui s'était attroupée.

Victor admire le travail. La première, et à ce jour, la plus grande réussite de *Happy End*. Il prend le cadre en étain et couve sa femme d'un regard amoureux.

Elle est splendide sur cette photo, dans cette robe qu'il lui a offerte.

— Tu me manques, Val, dit-il. Tellement…

La voix de sa femme retentit par l'un des vingt-quatre haut-parleurs de la maison.

— Mais je suis là, Victor. Je suis avec toi. Allez ! On le boit ce champagne ?

REMERCIEMENTS

D'abord à mes premiers lecteurs :

À Chantal, pour le régime minceur qu'elle fait impitoyablement subir à mes premières versions et pour l'abondance d'amour qu'elle y met ;

À Michel, pour la force et la confiance indispensables que m'ont données ses premiers commentaires ;

À Jacques, pour m'avoir aidé à améliorer la trame de mes nouvelles, comme seul un ami aussi bienveillant qu'intransigeant sait le faire ;

À mes éditeurs, Colombe et Robert, pour leur foi en ce que je fais et pour leur amitié ;

Et à Jessica, David et Julia qui m'ont rassuré plusieurs fois durant la rédaction de ce recueil et qui avaient bien hâte d'en lire la version finale.

L. É.

LOUIS ÉMOND

 Louis Émond manie les mots avec autant de soin et d'amusement qu'un jongleur les balles. Il raconte des histoires qu'il n'invente qu'à moitié. L'autre moitié provient d'un mélange d'expériences personnelles, de faits appris au hasard et d'anecdotes qu'il entend ici et là. C'est un être de démesure, difficile à contenter, insatiable même, généreux presque avec excès et exigeant à un point frisant la tyrannie. Son amitié nous gâte et on ne peut s'en passer bien que parfois, on le voudrait presque. Il a envie de tout, toujours, partout, et rien ne va jamais assez vite ou assez loin.

Visiblement, pour lui… *la vie ne suffit pas !*

Un ami anomyme (qui tient à le rester : ami et anonyme)

TABLE DES MATIÈRES

GARANT DES FORÊTS
INTACTES

Ce livre a été imprimé sur du papier Sylva enviro
100 % recyclé, traité sans chlore, accrédité Éco-Logo et fait à
partir d'énergie biogaz.

Achevé d'imprimer
sur les presses de Marquis Imprimeur
à Cap Saint-Ignace (Québec)
en août 2010